咖啡館
・推理事件簿8・
實現願望的瑪奇朵

珈琲店タレーランの事件簿8

願いを叶えるマキアート

岡崎琢磨／著　林玟伶／譯

目次

序　章　情侶間的訊息　9
第一章　參加祭典的邀請函　13
第二章　祭典正式開始　33
第三章　祭典分崩離析　117
第四章　自祭典敗退　177
第五章　玷污祭典者　213
終　章　在祭典結束之後　269
引用文獻　287

【京都咖啡祭會場：岡崎公園】

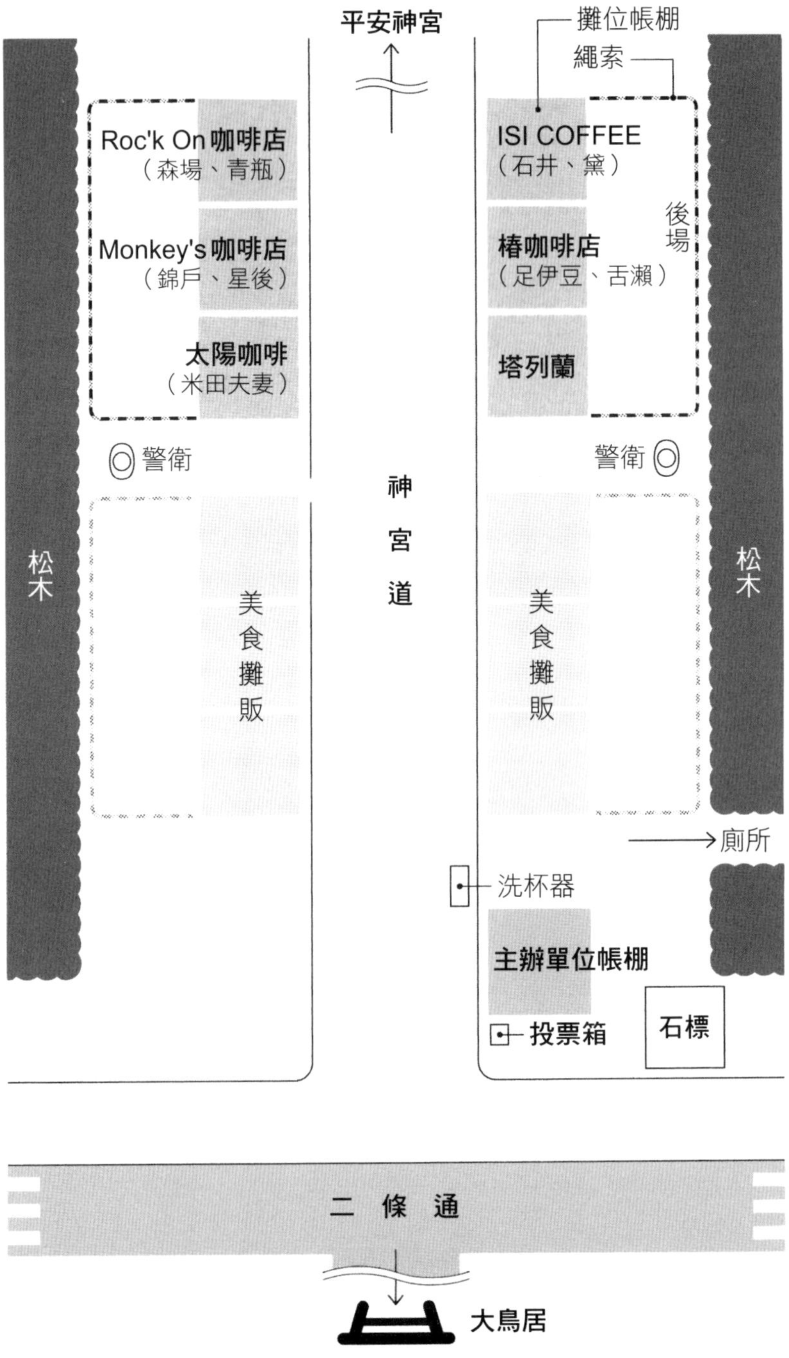
平安神宮
攤位帳棚
繩索
Roc'k On咖啡店
（森場、青瓶）
Monkey's咖啡店
（錦戶、星後）
太陽咖啡
（米田夫妻）
ISI COFFEE
（石井、黛）
椿咖啡店
（足伊豆、舌瀨）
塔列蘭
後場
警衛
警衛
神宮道
松木
松木
美食攤販
美食攤販
廁所
洗杯器
主辦單位帳棚
投票箱
石標
二 條 通
大鳥居

咖啡館

·推理事件簿8·

噢，咖啡啊。它使人忘卻所有煩憂。勤學者對其求之若渴。
它是與神為友之人的飲品。只要飲用它，追求智慧者即可獲得健康。

——讚頌咖啡（阿拉伯詩歌）

在此事先聲明，本作將會提及過去集數的內容，還望各位讀者在閱讀前能夠理解。

序章

情侶間的訊息

（此為通訊軟體「LINELINE」的對話截圖）

茨：對不起，我們分手吧。

買加：妳是認真的？

茨：我真的對你感到很過意不去。但我現在無論如何都想先專注於工作上。

買加：我是可以理解這種想法啦……但妳不會後悔嗎？

茨：我苦惱了好幾天，確定除此之外沒有其他選擇，才會得出這項結論。

買加：就算我勸阻妳也沒有用對吧。

茨：如果我會輕易改變決定的話，就不會跟你說這些話了。

買加：好吧，謝謝妳至今的陪伴。我這段時間過得很開心。

茨：對不起……

買加：好了啦，妳不要再道歉了。

【茨已收回訊息】

第一章

參加祭典的邀請函

——終於遇見了！

先不論我在那個瞬間是否真的想尖叫，但事後回想起來，那場相遇的確讓我相信自己的命運在當時改變了。

在我這二十五年，也就是四分之一個世紀的人生中，當然也經歷過大大小小、各式各樣的相遇，但其中有兩個極具戲劇性，值得我放聲大喊：「終於遇見了！」

第一個是我國中時在故鄉的河畔邊認識的初戀對象。為了讓她喜歡上我，我開始愛喝咖啡，後來咖啡也大幅影響了我到目前為止的人生。……就算一開始只是想用來追女生，也沒什麼不好的，動機本就不分貴賤。

另一個則是我在大約三年前偶然踏入的咖啡店——也是我目前所在的塔列蘭咖啡店裡喝到的咖啡。

在京都府京都市中京區，從二條通與富小路通的十字路口往上——往北走的地方，豎立著一塊復古的電子招牌，標示出這間店的位置。只要穿過如雙胞胎般並排的住宅屋簷形成的隧道，便會看見一片寬廣到難以想像這裡是京都市中心的庭院，而塔列蘭咖啡店的店面建築就在其後方。

尖聳的屋頂、紅褐色的木板牆、爬滿建築物的藤蔓。初次造訪這裡的人可能需要一些勇氣才有辦法推開店門，但克服這項障礙後展現在眼前的空間，應該都能讓每一個往前踏出一步的人，體會到彷彿被羽毛包覆的舒適感。

店內充滿了既懷舊又有品味的擺設及家具，例如立鐘、老舊的桌子、放在櫥櫃裡當裝飾的杯盤組等等。柔和的陽光透過淡綠色的玻璃窗照進室內，塔列蘭的吉祥物暹羅貓查爾斯正蜷縮成一團在向陽處打著呵欠。爵士樂的音色在耳邊迴盪，只要慢慢地呼吸，濃郁芬芳的咖啡香氣便會穿越鼻腔。

以美食家身分聞名的法國伯爵查爾斯・莫里斯・德・塔列蘭・佩里戈爾曾留下一句格言：「所謂的好咖啡，即是如惡魔般漆黑、如地獄般滾燙、如天使般純粹，同時如戀愛般甘甜。」我在少年時期因偶然的機緣開始尋找符合此句話標準的咖啡，花費多年時間走遍無數咖啡店——最後總算在這間塔列蘭咖啡店裡喊出「終於遇見了」！

一旦那黑色液體流入口中，恰到好處的苦澀、濃郁口感及微酸的滋味便會刺激你的味覺。然而，在那些味道離去時，又會彷彿輕輕撫過舌尖一般，殘存淡淡回甘。那有如夢境幻覺般的甘甜滋味，因輪廓朦朧不清，反而留下了鮮明的印象，讓人想再品嘗一次，一再地試圖伸手去觸摸那美妙的幻象。

與塔列蘭咖啡店的咖啡相遇，為我的人生帶來了兩個重大的變化。其中之一是能沖煮出我理想咖啡的女性切間美星咖啡師，也成為了我心目中的理想女性形象——雖然將異性神聖化所隱含的危險性是必須謹慎看待的問題，但我的感受確實如此，她對我似乎也沒那麼排斥，這是不爭的事實。

她的招牌特徵是剪成鮑伯頭的黑色短髮。身材嬌小，五官長相並不特別突出，但看起來十分勻稱且柔和。她會在營業時間自發性地穿著白襯衫、黑褲和深藍色圍裙。據她所言，那似乎是一種「戰鬥服」。

她遵從已故舅婆的指導沖煮出的咖啡極為美味，技術堪稱一流。不過，使她更加脫穎而出的則是她聰慧的頭腦。只要遇到令人費解的事件，她的大腦就會跟磨豆機的手把一樣全速運轉，到目前為止已多次解開在咖啡店營業時上門的客人帶來的謎團。不僅如此，她還曾在警察採取行動前，就解決了妹妹被綁架的事件和自己遇到的傷害事件等犯罪事件。

我和這位美星小姐維持常客與店員的關係長達三年——但體感上總覺得好像已經過了十年——直到今年春天，我才終於向她正式提議，以情侶身分和我交往。「或許我們的關係稍微改變一下也不錯」。受到她說的這句話鼓勵的我，當然沒有理由拒絕，所以我們順利成為了情侶。

而我遇見塔列蘭之後，人生中還出現了另一項變化。

一陣清脆的鈴鐺聲響起，有人打開了店門。我對著門高聲喊道：

「歡迎光臨！」

——沒錯，從今年春天起，我開始在這間塔列蘭咖啡店工作了。

我原本就畢業於培育咖啡師的專門學校，抱著某天能擁有自己的咖啡店這項目標，在同樣位於京都市內的咖啡店工作了整整五年。但是在大約四個月前，這間店的店長兼主廚，美星小姐的舅公藻川又次先生因狹心症發作昏倒，剛動完手術，考慮到在他的復健期間可能會人手不足，我便自告奮勇地表示可以在店裡幫忙。

也幸好我早就從美星小姐那裡學會怎麼沖煮這間店的咖啡，可以馬上開始工作，所以她在猶豫大約一週後，便以新任店長的權限決定雇用我了。藻川先生在手術後療養得很順利，目前每週工作兩天，剩下的四天則由我負責，再配合原本的週三固定店休日，塔列蘭咖啡店基本上還能夠維持過往的經營方式。

我當初在塔列蘭大喊「終於遇見了！」時，根本沒想到這裡竟會成為我未來的職場。對於我與美星小姐這段歷經牛步發展後急速改變的關係，如果要說我們兩人都適應良好……倒也並非如此，但至少在咖啡店營業時，我們之間的默契是仍按照以往的態度使用敬語交談。

——現在是八月初旬的午後。當我穿著配合美星小姐服裝的白襯衫與黑長褲，對著門口喊出「歡迎光臨！」時，走進店裡的男人卻皺起了眉頭。

「夠了，你們不需要這麼歡迎我。話說回來，你為什麼會在這裡？」

我的喉嚨發出了「唔呃」的怪聲。

「你……你是……」

黑色蘑菇頭短髮、與粗眉很不相稱的細長眼睛、銀框眼鏡。和我記憶中的模樣毫無二致。

站在那裡的人是石井春夫。

美星小姐曾在大約兩年前參加過一場名叫第五屆關西咖啡師大賽的比賽，與眼前這位石井春夫咖啡師互相較量。那場比賽在過程中發生許多問題，雖然最後仍是靠美星小姐聰慧的頭腦解決了，但引發這些問題的罪魁禍首正是眼前這位石井春夫。從那之後我就再也沒有見過他，也沒有聽說他曾來過這間店。

總而言之，這傢伙是個壞蛋！他上次甚至還害我受傷。我心懷當時留下的怨恨之情，皺著眉頭回答他：

「我從今年春天開始在塔列蘭工作。」

「哦……好久不見了，美星咖啡師。妳最近過得好嗎？」

他剛才明明對我露出像在看蟲子屍體的眼神，但是對美星小姐說話時，臉上卻又充滿了喜色。態度轉變之快與中國的變臉相比毫不遜色。

「呃，託你的福，我過得很好……但你為什麼會突然來這裡呢？明明自從上次在ＫＢＣ見過後，你至今都完全沒有聯絡我們。」

美星小姐也對此感到很困惑。

石井朝吧檯靠近一步，開口說道：

「其實呢，我今天是來告訴美星妳一個好消息的。」

這麼快就省略「咖啡師」的稱呼了嗎？簡直就跟打倒流浪金屬史萊姆時一樣，瞬間就升級了嘛。

「如果是可疑的邀約，我無法奉陪喔。」

「妳別這麼說嘛，詳細情形就由她來向妳說明好了——進來吧！」

他一這麼說，便有一名女人從敞開的店門外快步走了進來。

雖然對石井有些抱歉，但他所指的「她」顯然並非情人的意思，這讓我鬆了一口氣。那名女人的年紀比現在應是三十六、七歲的石井還要小一輪左右，在這種大熱天裡還穿著灰色的裙套裝，看起來就像個正經得體的社會人士。不管擁有多麼豐富的想像力，我都無法想像跟小混混一樣穿著鮮豔花襯衫的石井與她並肩行走的模樣。

或許是因為在炎熱的烈日下等待的關係，她的額頭兩側都冒出汗珠，走路時高跟鞋喀喀作響，腳步並不是很平穩。接著，她轉身面向站在吧檯後方的美星小姐，猛然對她低頭深深鞠了個躬。

「妳好！我是京都市內的活動企畫公司，『SakuraChill』的中田朝子！」

她綁成一束的棕色長髮，在腦後如牛尾般隨著她的動作搖擺。

「櫻花……飄散[1]？」

「是的，說到京都就會想到櫻花，本公司的名字是由櫻花飄散時的美麗，以及在英語中有『放鬆、悠閒』之意的chill out一詞結合而來的。除了借用櫻花本身的華美形象外，也希望大家能悠閒放鬆地享受我們舉辦的活動。」

雖然中田面帶微笑，但我還是忍不住覺得把「飄散」這個字放進公司名稱裡不太吉利。而且仔細想想，舉辦活動的公司自稱「櫻花[2]」也很不妙吧。

接著中田又再次像個正經得體的社會人士一樣，一邊對從吧檯後走出來的美星小姐遞上名片，一邊繼續往下說：

「我這次特地登門拜訪，是因為有件事想和塔列蘭咖啡店的各位商量，所以才會請石井先生居中牽線。」

「換句話說，妳是來找我們談生意的嗎？」

「是的！」

「那妳應該先跟我們預約時間才對……現在是我們店裡的營業時間，其他客人也都在看。」

我聽到美星小姐有些困擾的回應，便環顧了一下店內，發現有三組共五位客人正一臉好奇地旁聽我們交談的內容。

中田楞了一下，對石井問道：

「咦？你沒有事先幫我預約嗎？」

「我、我為什麼非得做到這種地步不可啊？我願意帶妳來這裡就已經是仁至義盡了！」

石井憤慨地說道。他的抱怨倒也有幾分道理。

「呀啊啊啊啊！真、真是太失禮了！」

中田再次深深地對我們低頭致歉。但她看起來已不再像是個正經得體的社會人士了……

「請妳抬起頭來吧，下次注意不要再這樣就好了。」

看來美星小姐並沒有生氣。

「我還是下次再來好了……」

中田的眼眶有些濕潤。這個人就是那個吧，所謂的天然呆屬性。

「不用了，妳都特地跑來我們店裡了，現在也還忙得過來，就先聽聽妳要說什麼吧。」

「真是太謝謝妳了！」

中田大叫道，向我們第三次低頭鞠躬。如果她繼續保持這種態度，說不定今天還沒過

1　Chill與日語的飄散同音。

2　日語的櫻花也暗指店家安插在人群中的假客人，用來刺激買氣。

完，就會跟超人力霸王的軟膠人偶一樣，上半身跟下半身折斷分家了。

石井和中田在窗邊的四人座餐桌席並排坐下，美星小姐則坐在中田的對面。我在這段時間負責守著廚房，但因為距離很近，他們三人的談話內容我全都聽得見。

「我們公司目前正在籌備一場名為『第一屆京都咖啡祭』的活動，預計於十月舉行。」

中田從她攜帶的黑色包包裡拿出了一疊用訂書針釘起來的紙，看起來像是相關資料。

「正如妳所知，對京都的市民而言，咖啡店自古以來就是他們經常光顧的地方，咖啡也深受人們喜愛。根據總務省的家庭收支調查結果，在依照品項劃分的都道府縣廳所在市及政令指定都市排名中，以過去三年的平均資料來看，無論是咖啡消費量還是消費金額，京都市都位居第一。」

這在咖啡愛好者之間是眾所周知的事情，但對其他人來說可能就會感到意外了。有別於傳統日本的形象，京都其實是全國咖啡飲用量最高的城市。順帶一提，京都市在經常與咖啡一起食用的麵包消費量上也獲得了第一名的殊榮。

「本公司看中了這一點，為進一步發展根植於京都居民間的咖啡文化，決定舉辦京都咖啡祭。簡單來說，這個活動就是把京都府內頗受歡迎的咖啡店都聚集在一起，讓人們可以去各店的攤位參觀，品嘗和比較這些店家的咖啡。」

「但我記得好像有類似的活動在春天才剛舉辦過吧？」

「妳果然很清楚呢，另一間公司今年五月同樣也在京都市內舉辦了名為『第一屆京都咖啡商店街』的活動。這場活動非常成功，據說所有參與的店家在活動結束後來客數都大量增加。」

「所以貴公司看到該活動的影響後，也決定推出類似的企畫嗎？」

「沒錯，說穿了，就是完全照抄。」

中田毫不羞恥地直言。不過這類美食活動如今在日本全國各地已不勝枚舉，所以她的作法也沒什麼好批評的吧。

「在名店雲集的京都舉辦咖啡活動，一定會吸引許多客人前來，因此……」

中田往前探出身子說道：

「我們誠摯邀請塔列蘭咖啡店也在此活動設攤參展。」

「我很榮幸聽到你們的邀請，但為什麼是本店呢？中田小姐妳應該從來沒有光顧過本店吧？」

因為從事服務業的關係，美星小姐很擅長記住客人的臉孔。只要曾經來過塔列蘭，除非外表變化很大，否則她好像基本上都不會忘記。

「那是因為──」

「是我推薦她來找你們的。」

石井在此時插嘴說道。

「是石井先生你推薦的？」

「因為我覺得美星妳煮的咖啡非常適合在這場活動上販售。」

「為什麼呢？我從來沒有煮過咖啡給石井先生你喝吧？」

「妳忘記了嗎？妳在KBC時曾經以實驗為由準備了咖啡給所有相關人士喝。」

「但那時大家也只喝到了一點點……」

「光喝那樣就夠了啦，畢竟我也是專業的啊。」

石井自豪地挺起胸膛，美星小姐則以像是要在他身上鑽洞的眼神直盯著他。石井春夫這種人不可能基於純粹的善意推薦他們，背後一定是有什麼打算——她的眼神如此說道。

「其實，這件事是起因於我光顧了位於我家附近的ISI COFFEE。」

中田接過他的話繼續說明。ISI COFFEE是石井春夫任職的咖啡店店名。聽說那是石井父親開的店，石井本來想成為魔術師，後來才開始在店裡幫忙。

「石井先生煮的咖啡真的非常好喝喔。我很愛喝他煮的咖啡，所以常常上門光顧，也漸漸地和他熟了起來。這次我們公司決定要策畫新活動時，我馬上就想到了石井先生。後來我製作了京都咖啡祭的企畫書，結果在會議上順利地獲得了公司的認可。」

我一邊聽中田解釋，一邊感到有些不太對勁。

我並沒有喝過石井煮的咖啡。不過，我之前曾聽過參加ＫＢＣ的其他咖啡師這樣評論他的咖啡：

——那傢伙煮的咖啡啊，太普通了啦。舌頭的味覺不夠敏銳，又看不到他想努力改善這個缺點的決心。

不過，中田與那位咖啡師或我們不同，在咖啡方面應該不是專家。就算她覺得石井煮的咖啡「非常好喝」也不足為奇。

「所以ISI COFFEE也會參展嗎？」

「當然了，不僅如此，我還會以活動整體顧問的身分協助朝子。」

中田點頭表示同意。

「其實我本來想從選擇店家到洽談參展都自己處理好，但因為企畫書是我臨時起意寫出來的，所以想不太到可能願意參展的店家有哪些。後來我向石井先生求救，他才跟我推薦了你們這間塔列蘭咖啡店。」

「該怎麼說……妳也真是辛苦了呢。」

美星小姐或許已經盡力選擇較委婉的用詞了，但遺憾的是，這反而讓語氣聽起來像在諷刺。她的內心應該對這種空有熱情卻毫無規畫的活動舉辦方式感到無奈吧。

「嘿嘿，謝謝妳的關心。」

不過，如果對方聽得懂諷刺，就不會出現這樣的反應了。中田以搔頭的動作表達她的害羞。她看起來和我們是同年代的人，卻幼稚到讓人難以相信這一點。

「不過沒關係，因為我知道一個很厲害的咒語，可以讓我順利度過人生中的重要時刻。」

「咒語？是什麼咒語呢？」

「對不起，這是我的祕密。但那也不是什麼很特殊的東西啦。」

「該不會是某種身心靈方面的……」

「大概就是這種感覺。」

中田一臉得意，讓我更不安了。美星小姐以眼神向石井求助，但他卻一副置身事外的樣子。

「總而言之……妳可以再多說一點這場活動的細節嗎？」

「好的！舉辦日期是今年十月第一週的週六與週日，共兩天。這也是為了配合十月一日的國際咖啡日。兩天的開放時間都是早上十一點至晚上六點。」

「活動會場在哪裡？」

「我們已經預約了岡崎公園的場地。」

原來如此，我心想。岡崎公園位於京都市左京區，占地廣闊，經常舉辦各種戶外活動。我本以為這會是在某個商業設施的一角舉行的小型活動，看來規模要再更大一些。

後來中田又繼續補充了這場活動的細節。當天會場將分為咖啡攤位區和美食攤位區，並且要求咖啡店只提供客人飲品。部分銷售額會上繳給SakuraChill公司。這次由於設備上的限制，以提供濾沖式咖啡為主，而非濃縮咖啡。因為是戶外活動，即使下雨也會照常舉辦，但天氣太惡劣的話則有可能取消。以及為了讓參與的店家更熱中於活動，也會融入一些類似競技比賽的要素等等。美星小姐十分認真地聆聽這些說明。

中田花了一段時間講解完後，又正式詢問了一次。

「……因此，我們認為在這場攸關往後是否還能繼續舉辦的第一屆京都咖啡祭中，塔列蘭咖啡店的協助是不可或缺的。妳能不能考慮看看呢？」

美星小姐沉默了長達數十秒。她的目光依然落在手中的文件上，輕輕點了兩、三次頭後才回答。

「好吧，我們會積極考慮是否參加。」

「這是不是表示……你們很有可能願意參加呢？」

「這個嘛，因為我必須先跟我們店長商量一下，所以無法明確向妳保證，但我想十之八九會在近日內給予妳願意參加的回覆。」

「謝謝妳！」

中田再次鞠躬道謝。這次她的額頭撞到桌子，發出一聲悶響。坐在一旁的石井則以飛快的速度拍手鼓掌。

「切間咖啡師，請妳過來一下。」

我招了招手後，美星小姐便從座位上站起，朝吧檯走過來。

「有什麼事嗎？」

「妳這麼輕易就決定，真的沒問題嗎？不知道為什麼，我覺得很不安。」

我壓低聲音問道。因為我很訝異美星小姐會向他們表明有意參加。

美星小姐一臉平靜地回答：

「既然是第一次舉辦，在管理上有些不周到的地方也是在所難免。要是害怕承擔風險，也不用奢望開拓新顧客了。」

「話是這麼說沒錯啦……但想到那個石井春夫也參與其中，我就覺得……」

「就是因為這樣啊。」

「就是因為這樣？」

美星小姐瞥了石井一眼，對我說道：

「既然石井先生會這樣子特地把我牽扯進來，我也很懷疑他是否另有企圖。所以這次的活動，我們無法斷定不會遇到像第五屆ＫＢＣ時那樣的棘手情況。我會盡可能預防這種情況發生，如果真的發生了，也會努力盡快解決問題。」

「那、那還真是……」

我把接下來要說的話嚥了下去——真是個爛好人啊！

中田看到我們湊在一起交頭接耳的樣子，便一派輕鬆地大聲問道：

「你們兩人明明是店長跟店員，互動卻很親密耶，你們之間是什麼關係啊？」

結果美星小姐的臉頰就突然變紅了。

「這個問題和這次的活動有關嗎？」

「呃，是沒有關係啦……」

「妳不需要這麼拘謹吧，這又沒什麼好隱瞞的。」

我如此緩頰後，美星小姐也有些不開心地反駁。

「我並沒有想隱瞞的意思。」

「什麼？難道你們真的是那種關係嗎？」

美星小姐對八卦本性顯露無遺的中田答道：

「其實我們從大約四個月前就正式開始交往了。」

「哇，太棒了！情侶兩人一起經營這間店！」

其他客人被中田興奮的聲音吸引，也紛紛好奇地看著我們。不過，塔列蘭的客群大多是常客，所以我與美星小姐的關係已多多少少為人所知。像剛才中田所說的那種問題，自從原本也是常客的我開始在這間店工作後，已經回答過無數次了。

但美星小姐仍舊每次都滿臉通紅，變得跟酸梅一樣，展現出好像很不習慣的新鮮反應。我對這件事是無所謂啦，不過——

石井先生，你有必要大受打擊成這樣嗎？

他在中田身旁有如下巴脫臼般張大嘴巴，眼睛瞪大到幾乎跟翻白眼沒兩樣。

就這樣，塔列蘭咖啡店後來順利獲得藻川先生的許可，得以在第一屆京都咖啡祭上設攤參展。

在活動舉辦前兩個月，我們有很多事情要準備，忙得不可開交。

這次我們決定簡化塔列蘭的菜單，只提供絨布濾沖式咖啡。雖然一度想過要列入咖啡歐蕾等特調飲品，但最後的共識還是決定專心推廣店內的招牌商品。

調整製作步驟也很重要。因為沒有時間一杯一杯濾沖，我們決定一次濾沖好大量咖啡，再倒進保溫壺裡分裝提供給客人。我們也花了不少時間挑選平常不會用來保存咖啡的保溫壺，優先考慮盡可能不讓咖啡氧化，密封性高的款式。我們測試了幾種產品，最後買了味道比較沒有劣化的保溫壺。

在塔列蘭咖啡店將近半世紀的歷史中，這是我們第一次在活動上設攤參展。我們抱著有點興奮的心情，不斷測試摸索，忙得團團轉，終於在兩個月後迎來了活動當天。

然後——或許可以說是預料之中，我們又再次碰上麻煩事件。

第二章

祭典正式開始

1

在遼闊的岡崎公園上方，是一片萬里無雲的秋日晴朗天空。

早上九點，我和美星小姐從紅色的LEXUS上走下來，打開後車廂拿出我們會用到的物品。美星小姐朝搖下車窗的駕駛座說：

「這樣應該就沒問題了，謝謝你，叔叔。」

「不用客氣，辦活動我幫不上忙，至少還可以當你們的司機。」

戴著苔綠色針織帽的藻川先生把頭探出車窗說道。

在半年前接受狹心症手術後，藻川先生已經完全康復了。因為擔心再次發作，他有一段時間沒開車，但最近似乎已經解除禁令了。

在為期兩天的活動期間內，工作人員幾乎必須一直站著，所以藻川先生說他無法幫忙，當然是因為體力問題。不過，除此之外還有一個更關鍵的原因。

活動的負責人中田朝子通知大家，希望每個攤位的工作人員數都限制在兩人以內，因為場地空間有限。這場活動是第一次舉辦，無法預測來客數量，製作咖啡的步驟是否一切順利也不確定，所以兩人以內的限制對我們來說的確是很嚴苛的條件。不過，為了不給藻川先生造成負擔，我們只能接受這個條件，其他店家似乎也沒有太大的反對。

「你們應該沒有忘記帶什麼東西吧？」

我回答藻川先生的提醒。

「沒問題，我們在離開店裡前已經檢查過好幾次了。」

「嗯，有缺什麼東西的話就馬上聯絡我唷，這點小事我還是能幫上忙的。」

「我們會記得拜託你的。」美星小姐說道。

「好啦，要是車子停在這裡太久會妨礙交通，我先走囉，你們就努力好好做吧。」

為了盡可能減少搬運設備的麻煩，我們請藻川先生把車停在會場旁的路邊。正好就在著名的平安神宮大鳥居下方，神宮道與二條通交叉處稍微偏西側的位置。

藻川先生關上愛車的車窗，伴隨著引擎聲逐漸遠去。我們目送他行駛數十公尺後，原本已開始加速的LEXUS突然慢了下來。

藻川先生再次搖下駕駛座的車窗，像烏龜一樣探出頭來。

「小姐，妳要去哪裡呀？今天天氣這麼好，要不要跟我去嵐山兜風呢……」

藻川先生正在搭訕路過街道的年輕女性。

美星小姐把手上的東西放在腳邊，衝上前用力拍了一下藻川先生的頭。

「你不是說車子停在這裡太久會妨礙交通嗎？還不快走！」

藻川先生在春天差點死掉時，意志還十分消沉，現在卻已經完全恢復愛泡妞的本性了。

「只是搭訕一下又不會怎麼樣，我已經是個沒多少年好活的老人了，難道妳還想奪走我的休閒樂趣嗎？」

「最近這幾年，搭訕也被當成是一種嚴重的騷擾行為喔。在十年前或許還可以說是開玩笑，但現在已經行不通了。身為一個活在現代社會的人，你應該更新自己的價值觀才對！」

「什麼十年前……妳是不是一年比一年更愛說教了呀？就是因為妳整天都窩在那個又小又窄的咖啡店裡，腦袋裡的想法才會這麼僵化。妳應該學學我，多接觸外面的世界。」

「唔……我、我才沒有呢……」她似乎被說中了痛處。「而且搭訕哪算是什麼接觸外面世界的方式啊！還有，你嫌棄的那間又小又窄的咖啡店，可是你老婆開的！」

「好了、好了，到此為止吧！」

我像個化解僵局的裁判，闖進兩人之間打斷他們。

「你們兩個人都已經妨礙交通了，要繼續吵的話等回店裡再說吧。」

美星小姐猛然回過神來，連忙向周遭的人鞠躬道歉。藻川先生則滿不在乎地踩下油門開著車子離去，留下被搭訕的受害女性在原地一臉錯愕。

平安神宮是位於京都市左京區的神社，為紀念平安遷宮一一〇〇年，於一八九五年（明治二八年）所建。

建成時供奉的神祇是第五〇代桓武天皇。不用說也知道，他就是下令實行遷都平安京的人。後來在皇紀二六〇〇年，也就是一九四〇年（昭和一五年）時，又順應市民的要求，將平安京末代天皇——第一二一代孝明天皇也一同供奉於此。

社殿是複製平安京正廳的朝堂院建成，以八分之五的比例重現。被指定為重要文化資產的大極殿、應天門，以及被登錄為有形文化資產的神樂殿，特色都是綠釉瓦和朱漆柱。雖然一九六七年曾遭到縱火而焚毀，但後來又經募款重建，正殿也由東西兩棟合併為一棟。

平安神宮以其莊嚴的社殿聞名，但談及此處時，最不能忽略的便是象徵京都繁榮的巨大大鳥居。

即使是未曾造訪過平安神宮的人，可能也會對那座鳥居有印象。畢竟它高達二十四點四公尺，據說當初在一九二九年（昭和四年）完工時還是日本最大的鳥居。

這座大鳥居位於平安神宮的南側，從神宮道與仁王門通的十字路口往北走一段路的地方。那裡同時也是在一八九五年舉辦的第四屆全國產業促進博覽會（内国勧業博覧会）的舊址上建成的岡崎公園境內。岡崎公園占地廣闊，境內有京都市美術館、京都市動物園、京都府立圖書館等設施，也鄰近平安神宮、京都國立近代美術館、京都市勸業館Miyako Messe等地點。除此之外還有可供市民使用的網球場及棒球場等設施，是真正能代表京都的綜合公園。

第一屆京都咖啡祭的會場設置在我們先前下車的二條通與平安神宮正門應天門之間，沿著大鳥居向北直線延伸的神宮道兩側。東邊有球場，西邊是目前正在整修的京都會館，是岡崎公園中特別受到市民喜愛的休閒場所。

從二條通走到寫著「平安神宮」的石碑前轉彎，進入會場後，右側最前方就是活動主辦單位本部搭建的攤位。其後方分為東西兩側，林立著販賣甜點或三明治等食物的攤位，再往後相隔不遠處則是各間咖啡店的攤位。西側攤位後方是一片以美麗的紅色八重枝垂櫻為中心的廣場，廣場上設有供來客使用的白色花園桌。

我與美星小姐拿著大包小包的擺攤物品，沿著神宮道北上前進。這次參加擺攤的咖啡店總共有六間，在神宮道兩側各設置三個咖啡店的攤位，東西兩側互相面對面，根據主辦單位事先告知的資訊，塔列蘭的攤位是在東側的最南端。活動雖然是十一點才開始，但各攤位的工作人員都早已在準備，廣場的座位也有客人正坐著等待，看起來頗為熱鬧。我體內湧現一種興奮感，預言著接下來的繁忙時光。

我們抵達塔列蘭的攤位，開始放下手上的東西。在白色帳篷下，有兩張約一點五公尺寬的折疊長桌，分別擺在攤位的前後方。前方長桌右側放有裝滿水的塑膠儲水桶和洗手槽，後方長桌上設有戶外用的瓦斯爐，算是備齊了一間餐廳所需的最基本設備。在兩張長桌之間還放了一個用來存放牛奶等物品的保冷箱。

攤位後方設有一個約二公尺深的後場區，並用黃色和黑色的繩子將另外兩個攤位的後場區也一起圍起來，以避免不相關的人員進入。美食攤位的後場區也是如此，兩者之間形成一條通道，通道上站著一名警衛。後場區外側緊鄰著一排松樹，讓攤位沒辦法再往後擴大空間。

在空間如此有限的情況下，也難怪每個攤位的工作人員會限制在兩人以內。如果人數增加，空間變得擁擠，其他攤位也會受到影響。

我和美星小姐正一起整理帶來的東西時，中田朝子走了過來。今天她依舊穿著上次見面的那身套裝。

「塔列蘭的各位，早安！」

被她這麼一叫，總覺得我們都變成法國的伯爵了。

美星小姐深深低頭鞠躬。

「早安。今天還請你們多多關照。搭建攤位的工作看起來順利完成了呢。」

「是的，工人們今天一大早就迅速幫我們搭建完了。我本來還有點擔心當天早上搭建來不來得及，不愧是專業的。」

「天氣也很配合，一開始就這麼順利再好不過了。」

「嘿嘿，我還做了晴天娃娃喔。」

真沒想到還有成年人會做這種事。

「這是工作人員用的通行證。在這兩天的活動期間，沒有它就不能進入攤位的後場區，所以請務必掛在你們的脖子上。」

我和美星小姐收下了中田交給我們的通行證卡套。那是一個很普通的塑膠製通行證卡套，附有一條扁平的藍色掛繩。卡套內放著印有「KYOTO COFFEE FESTIVAL STAFF」字樣的紙張。看來是專門為這兩天的活動製作。

「到了十點後，我們會請所有參與店家的工作人員一起互相見個面，所以屆時請到攤位中間集合。那麼，請你們繼續準備吧。」

中田留下這句話之後就小跑步離開了。似乎在活動開始前就已忙得不可開交。這整個活動不太可能只由她一個人打理所有事務，但這兩天她恐怕都沒有時間休息，必須一直工作了吧。

後來我和美星小姐花了大約三十分鐘處理完器具擺放等工作，才總算可以稍微喘口氣。我看向隔壁攤位，只見一名大約三十歲、打扮時髦的帥哥和一名身材姣好的辣妹正在愉快地閒聊。雖然自己這麼說有點奇怪，但那兩人與年紀已經進入二十代中段，打扮卻還是有些土氣的我和美星小姐簡直就是完全相反……

接著，我在更遠處看見了石井春夫。他正和一名女性一起工作，因為距離很遠，看不清她的長相。我聽說ISI COFFEE是由石井和他父親一起經營的，難道他們雇用了新的兼職人員？對面的西側攤位，也都各有兩名工作人員正在忙碌地工作。

到了十點時，中田開始召集大家。她拿著資料夾站在東西攤位的正中間，人們紛紛朝她聚集過來。在中田身旁站著兩個身穿白色夾克的年輕男人。

「那個……各位都到齊了嗎？再次感謝大家參加第一屆京都咖啡祭！多虧了各店鋪的協助，我們順利迎來了活動的第一天。」

不知是誰開始的，現場響起了熱烈掌聲。

「抱歉，這麼晚才自我介紹，我是今天活動的負責人，SakuraChill股份有限公司的中田朝子。然後……」

中田一伸手示意，那些穿著外套的男人便依序報上名字。

「我是同樣來自SakuraChill的伊原。」

「我是上原。」

「今天的活動將由我們三人來負責管理，請多多指教。」

所以黑髮高個子戴方形眼鏡的是伊原，茶髮矮個子戴圓形眼鏡的是上原嗎……我們可能會需要他們幫忙，所以我先把他們的名字和臉記了下來。

「那我們先請參加活動的店家自我介紹。大家已經按照攤位順序排好了吧。那麼，請從那邊開始。」

中田所指的人是攤位在東側最北端的石井春夫。

「大家好。我是ISI COFFEE的石井春夫。因為朝子小姐是我們店的常客，所以這次就來這個活動擺攤了，還請多多指教。」

他的語氣有點傲慢冷淡。正當我覺得不太舒服時，從他身後出現的人害我嚇了一大跳。

「冴……冴子小姐！」

我忍不住發出驚叫，引來了周圍的目光。

她只瞥了我一眼，隨即若無其事地開始自我介紹。

「我是黛冴子。曾在第四屆關西咖啡師大賽中獲得冠軍。平常我在其他店工作，這次是以協助ISI COFFEE的身分前來參加活動。」

她那微捲的茶褐髮、鑲有寶石的耳環，以及曾讓藻川先生迷戀不已的美麗而堅毅的臉龐，和兩年前一模一樣。

她也是在第五屆KBC中以上屆冠軍身分參賽，並與石井聯手引發混亂的主謀。沒想到竟會在這種地方遇見她……我驚訝得合不攏嘴。

「那兩個人現在交情還這麼好啊。明明石井先生曾說過自己被冴子小姐威脅，真令人意外。」

美星小姐似乎也難以保持沉默，忍不住在我耳邊低語。這句話被冴子聽到了。

「你們可別誤會了。我和石井先生並沒有在交往。」

「那妳為什麼要來幫忙呢？」

「是我請她來幫忙的。」石井主動解釋道：「我爸年紀大了，不太適合參加這類活動。雖然我非常需要幫手，但想在短短幾個月內培養好新人又很有難度。就這方面來說，冴子的專業技巧值得信賴，我覺得可以放心交給她。」

「原來是這樣啊……」

美星小姐如此喃喃自語，但看起來還是半信半疑。

要讀懂她的心思並不難。在第五屆ＫＢＣ做出壞事的他們又再在這場活動聚首，難免會懷疑是不是又要聯合起來搞什麼名堂。

話說回來，ＫＢＣ應該已經是這兩人經歷中的污點了，但冴子似乎仍把第四屆冠軍的頭銜用於自我介紹。雖然當時那場騷動的真相並未公開，但她厚臉皮的程度真是令人畏懼。我再次覺得還是不要輕易接近他們比較好。

在這場感動的重逢之後，輪到下一間店自我介紹。站在我身旁的男子開口了。

「嗨！我是椿咖啡店的店長，名字叫足伊豆航。」

是剛才那位打扮時髦的帥哥。他有著一身像衝浪客般曬黑的皮膚，頭髮和鬍子都偏長，與輕浮的口氣十分搭配。他似乎已經習慣別人對他奇特的名字感到好奇，還針對漢字解釋說：「足是遠足的足，伊豆是靜岡地名的那個伊豆，航是航空的航。」這名字簡直就像是為了比喻某件事才刻意想出來的。

「哈囉！我是椿咖啡店的店員，我叫舌瀨舞香！」

接下來這名女性的熱情語氣和剛才的店長一模一樣，讓我差點忍不住笑出來。明明身為餐飲業員工，她卻是個金髮辣妹，指甲塗著鮮豔的顏色。打扮風格完全與「某某坂」或「某某48」等現代的偶像團體相反，讓我感慨地心想，原來這種風格還沒絕跡。

接下來是我們塔列蘭咖啡店。美星小姐和我依序順利地說完了自我介紹。

因為美食攤位的自我介紹暫時順延，我們便交棒給對面的人。他們是一對大約五十多歲的男女，看起來是所有參加者中年紀最大的。

「我是太陽咖啡的米田堅藏。」

「我是他的妻子幸代。」

堅藏是一位短髮花白的老先生，感覺比起拿咖啡壺或濾杯，更適合拿刨刀和鐵鎚。他的眉間有著深深的皺紋，讓他即使面無表情，也看起來像在生氣。

幸代的態度舉止則像是長年在背後默默支持堅藏的那種女性，但與她的名字相反，給人一種命運坎坷的感覺。她把黑髮束在腦後，雖然臉型圓潤，但從針織衫袖口露出的手腕卻細得令人心疼。

「這次能在這樣一個年輕人聚集的活動中擺攤，我們感到非常榮幸。我們店一直以來都專注於咖啡上，對自己的咖啡滋味充滿自信和驕傲，但不得不慚愧地說，近年來受到咖啡館熱潮的影響，最近我們的銷售額正逐漸下滑。所以希望藉由這次活動，讓更多人認識我們咖啡的美味，並到我們店裡光顧。我們是抱著破釜沉舟的決心來參加這次活動的。」

堅藏的話語中流露出悲壯的決心。不過，真的需要為了這個活動賭上人生嗎？我們決定參加的理由只是「放著石井春夫可能會很不妙」而已耶。

大家淡淡地帶過堅藏表現出來的熱忱後，對面右邊的一對男女開始自我介紹。

「我是四條大宮車站附近的猴子咖啡店店長，錦戶徹。」

「我是同樣來自猴子咖啡店的店員，星後望。」

這兩人的年齡應該和椿咖啡店的兩人差不多，但他們散發出的誠懇和乾淨感，讓人光是聽到這兩句簡短的自我介紹，就對他們留下了好印象。

中田插嘴說道：

「其實望是我的青梅竹馬。他們這次是因為這段交情才被我請來參加活動的。」

「我們會全力以赴，不讓朝子丟臉的。」

與天真單純型的中田不同，星後看起來是個很穩重的人。她將黑色短髮用髮帶綁起來，臉蛋像小松鼠般可愛。錦戶也頂著露出額頭的黑色短髮，兩人站在一起十分相配，就算說他們是很受歡迎的演員情侶檔也毫無異樣感。

正當我這麼想著時，美星小姐又在我耳邊低語。

「你看，他們右手的無名指都戴著同款戒指呢。」

我看了一眼，他們各自的手指上的確都戴著一枚細細的銀戒指。看來我把他們比喻成情侶並沒有錯。

最後——輪到那間店的店長自我介紹時，我難以避免地嘗到了有些尷尬的滋味。

「大家好，我是經營今出川的 Roc'k On 咖啡店的森場護。」

Roc'k On 咖啡店是在京都的咖啡愛好者中聲名遠播的熱門店家——而且坦白說，那就是我半年前工作的地方。

那低沉有力的聲音不知道斥責過我多少次。在我自培訓咖啡師的專門學校畢業那年，我就立志要開自己的店。過去森場以講師身分在專門學校授課時曾說過：「只要在我們店工作三年，你就能學到開店所需的所有技能和知識。」讓我對他崇拜不已，於是便前往應徵，並成功進入了 Roc'k On 咖啡店工作。森場雖然嚴厲，但是名值得尊敬的教育者，我的確從他那裡學到了許多東西。

進入咖啡店三年後，為了準備獨立開店，我甚至還調整排班，減少工作時間。但最後我還是沒有成功開店，並在今年春天以轉職到塔列蘭為由，辭去了在Roc'k On咖啡店長達五年的工作。森場既沒有生氣也沒有挽留，但在我最後一天上班時，他帶著明顯的遺憾口氣說道：

「真是白費心血啊。」

他這句喃喃自語，至今仍深深刺痛著我的內心。

森場戴著灰色的針織帽，體格健壯，擁有典型的深邃繩文人臉孔，充滿男子氣概。他不僅精通咖啡知識和技術，還具備商業才能。他在國立大學附近開設Roc'k On咖啡店不久，就迅速將其發展成足以代表京都的熱門咖啡店。他這次選擇參加京都咖啡祭，想必有不少咖啡愛好者或業界人士感到驚訝。

森場說明了他參加活動的動機：

「時間過得真快，我們店今年已經迎來開業十五週年了。當年我還是個對事業一竅不通的毛頭小子，卻硬著頭皮自己開店，承蒙大家關照，現在經營狀況很不錯。不過，這幾年我變得有些安於現狀，經營模式也變得老套，年輕時那種發自內心的熱情也漸漸消退了。所以這次我想轉換心態，給自己一個全新的挑戰，才會決定參加這個活動。」

至少在我看來，森場說自己「安於現狀」實在是過於謙虛了。他總是孜孜不倦地研究咖啡，掌握市場趨勢，無論是在經營還是教育方面都一直很努力。不過，對他來說，可能是因為過去的生活充滿刺激，現在的平穩生活反而讓他感到不滿足吧。

「順帶一提，塔列蘭咖啡店的這位工作人員，半年前還在我們店工作。所以今天算是師徒對決，我特別不想輸給塔列蘭。」

森場指著我這麼說，引起了一陣笑聲。真希望他不要用這種方式讓我成為焦點，我恨不得找個地洞鑽進去。

咖啡店工作人員的自我介紹，最後由站在森場身邊、有著大學生模樣的男生壓軸收尾。

「我是青瓶大介，目前在Roc'k On咖啡店打工。」

我還在那裡工作時沒看過他，應該是森場最近新招募進來培訓的。他五官清秀，兩側剃短的黑髮看起來跟韓國偶像一樣，感覺會很受女性顧客歡迎。跟我完全不同。

總之，這樣六間咖啡店及十二名工作人員就全都介紹完畢了。

「好的，非常感謝各咖啡攤位的大家！接下來請美食攤位的工作人員自我介紹……」

在中田的引導下，提供食品的店家的工作人員也依序自我介紹。其中甚至包括知名的西點店，讓人覺得這些店家被埋沒在這個以咖啡為主題的活動中，好像有些可惜。

「感謝各美食攤位的大家。那麼，現在請讓我再次說明本活動的運作方式。」

中田說完後，伊原和上原便走到每間店的工作人員面前，每人都發了一個附有蓋子的白色隨行杯。

「我們會請所有來參加活動的顧客，都先到會場入口處的主辦單位本部攤位購買這個隨行杯。」

這似乎是委託京都當地插畫家設計的原創商品。隨行杯側面以簡單的線條勾勒出一位手持冒著熱氣咖啡杯的女性。下方以手寫字體印了「KYOTO COFFEE FESTIVAL」的標誌，還寫上了今天的日期。

我轉開附有飲用口的杯蓋，查看裡面的樣子。隨行杯雖然是塑膠材質，但採用真空雙層結構，保溫效果極佳。其品質不僅適用於這次活動，帶回家之後也能長期使用。尺寸大約和一般西雅圖風格咖啡店提供的中杯紙杯差不多。

「每個隨行杯售價一千五百日圓，內含四張每張三百日圓的代幣券及會場店家地圖。換算下來，隨行杯本身實際上只要三百日圓。另外，為了鼓勵大家連續兩天都參加活動，明天我們將販售不同顏色，也就是咖啡歐蕾色的隨行杯。該顏色明天也會分發給大家。」

這類活動通常會在參與店家的利潤加上主辦方的利潤，所以常給人價格偏高的印象，但就這一點而言，這次活動的價格設定相當合理，可以說是良心價。

「在這次活動中，請以三百日圓的代幣券為基準。無論是飲料還是食物，都請提供相當於三百日圓或六百日圓價值的分量給顧客。這麼做是為了簡化結帳流程，同時也符合活動品嘗和比較的主旨，每次只提供少量商品給顧客。」

各攤位的餐點項目都已事先提供給主辦單位審核。我們塔列蘭只提供平常的濾沖式咖啡，因此沒有六百日圓的品項。至於使用市場價值更高的咖啡豆的店家，應該就有可能採用一杯六百日圓的定價吧。

「用完代幣券後，也可以使用現金購買，但由於隨行杯禁止共用，原則上每人需購買一個，所以我們推測大多數的人會在代幣券額度內消費並享受活動。不過，連續兩天參加活動的客人可以在第二天繼續使用第一天的隨行杯，所以在這種情況下，他們也可能會使用現金。如果各位零錢不夠找，可以到本部攤位兌換，請不要客氣。」

看來本部攤位還提供了兌換服務。如果能事先兌換好，無疑能減輕各攤位的負擔。這些細心的安排讓我覺得主辦單位考慮得非常周到。

「此外，因今天的活動在戶外舉行，為了保持衛生，請各位工作人員在營業期間務必戴上塑膠手套。我們已經在各攤位上都配送了一箱手套。最後——」

中田將原本舉在正前方觀看的資料夾往下放到身體前，以更為正式的語氣說道：

「我們會請所有來參加活動的顧客選出自己最喜愛的咖啡店來投票。獲得最多票數的店家將被評為第一屆京都咖啡祭的榮譽冠軍，並在明天的活動結束時表揚。」

話音剛落，現場的氣氛頓時就緊張了起來。

這一點在活動前也已經說明過了。雖然這只是一場節慶活動，但主辦單位還是想透過人氣投票來增添一些競賽的氣氛。不過……

「我們並沒有設置獎金等制度。因為本次活動的主旨只是讓大家品嘗各式各樣的咖啡，而不是要決定哪間店的咖啡最好喝。所以冠軍純粹是榮譽性質的。我們希望這個頭銜能為各位今後的經營帶來助益。」

中田舉起一張淡茶色的長條形紙張，讓每個人都能看見。

「投票將使用這張選票來進行。」

這是一張上半部分幾乎是正方形的選票，下方連接著四張三百日圓的代幣券，可沿著虛線撕下。選票上除了印有活動的標誌外，還附上了「請填寫您最喜愛的咖啡店名稱」的說明文字，下方則有一個用線框起來的四方形填寫欄位。

「投票箱會放在主辦單位本部的攤位旁邊，那裡也準備了原子筆。這兩天的活動結束時間都是下午六點，我們會在那時立刻開始統計票數，敬請期待。」

中田又強調由於食物較難比較喜好程度，因此不會評選美食攤位的冠軍，然後就結束了說明。

——我偷瞄了石井春夫一眼。

他看著中田的眼神銳利得像是在瞪人。雖然他沒有說話，但那對雙眼就跟猛禽盯著獵物一樣。

看來石井的確很渴望獲得冠軍寶座吧。

在第五屆ＫＢＣ時，他為了讓黛冴子奪冠，放棄了自己的勝算。這次恰恰相反，他可能正利用當時欠下的人情，要求冴子協助他，正策畫該如何擊敗其他競爭對手。而塔列蘭，或者應該說是美星小姐，則似乎已經被拖進了這個計畫——

與有獎金和一定知名度的ＫＢＣ相比，這個才剛舉辦第一屆的活動，即使在人氣投票中獲得第一名，能得到的好處也相當有限。在一般情況下，我也不認為會有參加者為此策畫什麼陰謀。

但我們碰上的對手可是石井春夫——那個曾立志成為魔術師卻失敗，因喜好華麗表演而缺乏對咖啡的熱愛，好不容易晉級決賽，卻被分贓獎金的誘惑蒙蔽雙眼，最後功虧一簣的石井春夫。

「那麼各位，這兩天就請你們多多指教了！讓我們同心協力，一起讓這場活動成功吧！」

中田以像是運動社團隊長的口吻做結，這場安排大家互相打過照面的聚會就此散會。所有人都興致勃勃地準備迎接活動開幕，只有我、石井——還有美星小姐始終面色凝重。

2

距離活動開始的十一點還有一些時間。我向美星小姐打過招呼，打算自己一個人先去逛逛會場。

首先，我沿著攤位間的通道往南走，前往主辦單位本部攤位查看。攤位後方有公共廁所，這裡在活動期間應該會是大家頻繁使用的地方吧。

在本部攤位裡，伊原和上原坐在折疊椅上，正忙著組裝隨行杯。因為杯蓋和杯身是製造商分開堆疊送來的，所以需要一個個組裝。長桌上零散地擺放了一些已裝上杯蓋的隨行杯。

本部攤位旁邊設置了兩台用來清洗隨行杯的洗杯器。這是一種類似三溫暖裡的飲水機的銀色直立式機器，頂部有個星號形狀的開關。只要用隨行杯的邊緣壓下開關，水就會從中央強力噴出，這種裝置在提供啤酒等飲料的活動中很常見。雖然兩台感覺好像不太足夠，但因為清洗杯子只需要一瞬間，而且咖啡不像酒那樣，會在短時間內喝很多杯，所以他們大概判斷這樣就足夠了吧。不過，我個人認為把它們設置在咖啡攤位附近或許會更好。

我轉身離開，經過美食攤位。身為一個先成為咖啡愛好者才去當咖啡店員工的人，難免還是會對其他咖啡店提供的飲品感到好奇。當我剛走過塔列蘭的攤位時，有人叫住了我。

「嗨！鄰居先生！」

是椿咖啡店的那位辣妹。另一位帥哥似乎不在攤位上。

「妳好。妳是舌瀨小姐對吧？」

「叫我舞香就可以了啦！」

我活到現在，幾乎沒接觸過如此辣妹的辣妹，因此她的親暱態度讓我有些不知所措……不對，什麼叫「如此辣妹的辣妹」啊？

「你在幹嘛呀！查探敵情嗎？」

「差不多是這樣吧。你們這次準備了什麼品項呢？」

「我們店的風格是根據當時的情況選擇合適的咖啡豆，所以今天我們準備了兩種喔。」

舞香拿出一塊寫有咖啡豆說明的牌子給我看。原來是巴西農場生產的波旁深焙豆和肯亞產的淺焙豆啊。前者應該口感醇厚且帶有苦味，後者則酸味強烈，口感偏水果香。這樣的組合能滿足各種不同的口味需求。兩種咖啡似乎都會用濾紙手沖的方式來沖煮。

「我們塔列蘭提供的是綜合咖啡，你們則選擇單品咖啡啊。這樣要配合三百日圓的價格，應該很不容易吧？」

「沒錯，就是這樣。」

舞香對著我的臉揮動食指。她的指甲感覺快戳進我眼睛了，好可怕。

「我們店長也一直在煩惱這個問題。如果要把價格維持在合理範圍內，咖啡豆的價格就會影響到咖啡分量的多寡，但明明是同一間店的咖啡，分量卻不同的話，客人大概也不會滿意。可是面對在活動中第一次品嘗我們咖啡的顧客，我們又不想提供無法充滿自信推薦的咖啡豆。所以最後我們決定選擇同價位的咖啡豆來解決這個問題。」

難怪能被邀請參加這次的活動，看來椿咖啡店確實也有他們的講究之處。雖然很難從那個店長和這個店員的組合聯想到這點……但不用說也知道，沖煮咖啡的技術跟個人的性格或氣質是沒有關係的。

「我們在活動期間可能會忙到沒有時間聊天，但還是請你們多多指教。」

「好，請多指教喔！等結束後再慢慢聊吧！」

在舞香這句敷衍的邀請下，我離開了椿咖啡店的攤位。在ISI COFFEE的攤位前，石井和冴子正像老夫老妻般有一句沒一句地交談著。不管怎麼說，他們兩人還是滿相配的。我並不想和他們說話，所以只查看了長桌上展示的咖啡項目。

ISI COFFEE提供了一種綜合咖啡，還有在KBC比賽時曾準備過的圓豆。他們店裡平時可能也是這麼做，但在戶外活動中特意用虹吸壺來沖煮，很符合石井重視外觀的個性。圓豆似乎是用來當成主打商品，價格設定為雙倍的六百日圓。它與一般的扁咖啡豆不同，是由咖啡果實內只有一顆的圓形種子製成的咖啡豆，所以才叫圓豆。這是很稀有的咖啡豆種類。

我看完想看的東西，正打算迅速移動到西側的攤位時，卻有人從背後叫住了我。

「活動馬上就要開始了，你卻放著自己的攤位不管，到處閒逛嗎？真是悠哉啊。」

是石井。

我想盡可能避免和這個人有任何牽扯。因為在兩年前的ＫＢＣ那一天，我被他不停挑釁，最後還被推倒，留下了苦澀的回憶。我板著臉回嘴道：

「這又沒什麼，我有得到店長的許可。那我先走了，再見。」

「等一下！」

石井像跳躍般繞過長桌旁，來到了我面前。他靠得很近，我幾乎能感受到他的呼吸，讓我不由自主地戒備起來，結果他突然——

「對不起。」

對著我深深鞠躬道歉了。

「……為什麼要道歉？」

我既驚慌又困惑。石井抬起頭說道：

「是為了兩年前的ＫＢＣ啦。我一心只想阻止你們揭發我的不當行為，不僅口出惡言，還對你使用了暴力。」

「啊，不……那件事畢竟是我先動手的……」

看到他如此低聲下氣，我反而不好意思起來，真是沒出息。

「我從那時起就一直在深刻反省。雖然做過的事無法挽回，但我已經改過自新，決定認真面對咖啡了。我把這次的活動當成是證明自己的機會。」

「這樣啊……」

「所以啊，請你幫我轉告美星吧。在這兩天裡，我會全力以赴，希望她能看到我的表現。然後，如果她認同了我的努力，希望她可以原諒我兩年前做的事。」

石井的表情非常認真，連我也在不知不覺間挺直了背脊。

「我明白了，我會轉告她的。」

聽到這句話，石井露出笑容，主動握住了我的手。

「謝謝你。我們這兩天一起加油吧。」

我轉身背對返回攤位的石井，開始繼續往前走。

這樣啊。石井改過自新了啊。嗯，從第五屆ＫＢＣ到現在也已經兩年了呢。如果當時他們的惡行沒有被揭發，他大概就沒有機會反省了，多虧美星小姐巧妙地識破了一切。現在回想起來，那對他來說肯定是個很好的轉捩點——

我在離 ISI COFFEE 攤位夠遠的地方停下腳步。

然後深吸一口氣，發出了無聲的吶喊。

——才怪，誰會相信這種話啊！

那個一看就很假的笑容是怎麼回事啊？他握住我的手時那種濕潤感，現在彷彿還黏在我皮膚上，令人感到不快。

我很確定這是他想的策略。他現在對我們示好，是為了在之後發生問題時，讓我們不會那麼容易對他起疑心。這樣的推測很合理吧，萬一這次活動發生了類似第五屆ＫＢＣ的事件，我和美星小姐肯定會第一個懷疑石井春夫。如果他想要降低這個風險，唯一的辦法就是讓我們相信他已經改過自新了。

如果他以為我是那種天真到相信那種道歉的純樸青年，那就大錯特錯了。我可是連對心上人都會不惜隱瞞身分接觸的人啊。他心裡一定在盤算著什麼。我還是提高警覺比較好。

我一邊沉思一邊走著，來到了ISI COFFEE正對面的Roc'k On咖啡店攤位。我對站在長桌前的森場打招呼。

「今天請你們多多指教。我抱著向店長學習的心態，全力以赴。」

「你要好好加油啊。既然我已經誇下海口說這是師徒對決了，如果你表現不佳，我的面子可就掛不住了。」

「哎呀，哈哈哈……」

還不是因為你自己說了那些多餘的話。

「不過，Roc'k On咖啡店會參加這次活動，對我這個前店員來說也滿意外的。」

「你覺得我這個店長看起來並未對無聊的日常感到厭倦嗎？」

「這也是原因之一……不過更重要的是，這是濾沖式咖啡的活動啊。」

Roc'k On咖啡店雖然也有提供濾沖式咖啡，但主要還是以濃縮咖啡類的飲料為主。森場抱著胳臂說道：

「這也算是一種挑戰吧。我們這次打算以咖啡豆的品質取勝，所有咖啡都會用法式濾壓壺來沖煮。」

在咖啡業界，特別是第三波咖啡潮流開始以來，高品質的咖啡豆——也就是從風味特性、可追溯性、生產者的環境等多方面來評論的精品咖啡變得愈來愈受人們重視。森場很早就注意到這個趨勢，開始直接從生產者手中購買咖啡豆，與其進行直接貿易，並從各生產國舉辦的「Cup of Excellence」（卓越杯）咖啡評鑑會中選購獲獎的咖啡豆，因此成功與京都眾多傳統咖啡店區隔開來。

而法式濾壓壺與將咖啡粉放入濾紙中再澆淋熱水的滲濾法不同，是將咖啡粉直接浸泡在熱水中來濾沖，因此咖啡豆的油脂不會被濾紙吸附，而是直接溶解在水中，能夠更直接品嘗到咖啡豆的特色風味。此外，使用法式濾壓壺基本上只需要將咖啡粉放入壺中，倒入熱水後等待即可，因此沖煮者的技術差異對味道的影響較小。

桌子上準備了四種咖啡豆。產地來自中南美洲和非洲，烘焙程度也從淺焙到深焙不等。相較於濾紙手沖或絨布濾沖，法式濾壓壺在沖煮過程中所需的步驟較少，因此即使增加咖啡豆的種類，也較容易應對，這似乎也是它的優點之一。

「這樣應該很容易吸引顧客的目光呢。話說回來，那邊那位是新人對吧？」

我指著在森場身後擺弄法式濾壓壺，名叫青瓶的年輕人問道。

「他是在你離開後雇用的。雖然之前只在一家知名連鎖店打工過，但滿有潛力的。我覺得應該讓他多累積一些經驗，所以決定安排他在這兩天的活動中好好工作。」

森場會這麼直白地誇讚自家人還真是少見。我當初從來沒被他這麼誇過，反而經常被他批評得體無完膚。

「看來Roc'k On咖啡的前途很令人放心呢。」

「如果你期待我們因為你離開而傷透腦筋，那你可就大錯特錯了。」

「怎麼會，我才沒有……」

「話先說在前頭，別以為你還能夠再回來找我們。」

這句話聽起來很嚴厲，但毫無疑問地也是一種激勵。我用力地點了點頭。

「我就是抱著這種決心離開店裡的。」

「嗯，那就盡力而為吧──對了，那個女人後來怎麼樣了？」

「那個女人？」

「你忘了嗎？就是那個叫真子的。」

我恍然大悟。是改變我人生的兩次相遇之一，與塔列蘭無關的那名女性。我們暌違十一年在Roc'k On咖啡店重逢，因為我當時正在那裡上班，所以就把她也介紹給森場了。

「她在大約一年前去了香港，從那之後我們就沒再聯絡了。啊，不過，今年春節的時候我收到她寄來的明信片。」

不用電子郵件而是用明信片，這很符合她的作風。在那張描繪香港農曆新年熱鬧景象的明信片上，簡短地寫到她在香港的生活過得很充實。

「原來如此。人生還真是變化多端啊。」

森場比我多活二十年，應該見識過許多人事物，他說出這句話時充滿了真切的感受。

我離開Roc'k On咖啡店的攤位，來到了隔壁的猴子咖啡店攤位。看了長桌上展示的餐點項目後，發現他們主打的是咖啡歐蕾。除了牛奶外，還可以選擇豆漿、燕麥奶和杏仁奶。近年來，由於素食主義和養生觀念流行等原因，有不少人會優先選擇飲用這些牛奶的替代製品。這間店採用這樣的安排，應該會受到這類族群的歡迎。

「你是塔列蘭的人吧？」

留在攤位的星後望向我搭話。我並未看到錦戶的身影。

「妳好。你們的咖啡歐蕾系列很有趣呢。」

「謝謝。我們在四條大宮那一帶有不少競爭對手，為了凸顯店鋪特色才開始這樣做的。後來多虧這點，顧客的評價都很不錯。」

這樣聽起來，猴子咖啡店似乎是一間新開的店。這種對咖啡歐蕾的講究，在這次活動上的確也是一個很好的亮點。

「其實平常在我們店裡，拿鐵咖啡還比咖啡歐蕾賣得更多呢。」

如果要簡單說明的話，咖啡歐蕾就是濾沖式咖啡加牛奶，而拿鐵則是濃縮咖啡加牛奶。我看向放在長桌左側上附有把手的不鏽鋼奶泡壺，心裡恍然大悟。

「所以你們才會準備了奶泡壺啊。」

「是的。這是用來製作奶泡時會用到的器具，原本在這次無奶泡機器的活動中並不是必備品……但使用平常用慣的奶泡壺可以省去測量分量時的麻煩，倒牛奶時也更方便。」

在製作拿鐵等種類咖啡時，一般不會用量杯測量要製作成奶泡的牛奶，而是以奶泡壺注入口的凹陷處當作參考來決定使用量。然後再將濃縮咖啡機附帶的蒸氣噴嘴插入奶泡壺中，藉此加熱牛奶並打成奶泡。

「咖啡歐蕾裡的牛奶不用加熱嗎？」

「不加熱。根據店長的說法，這次活動的設備很難控制溫度。」

牛奶在六時度左右時最能感受到甜味，如果繼續加熱，會導致乳清蛋白變性，不僅甜味會減少，還會產生腥臭味。戶外用的瓦斯爐難以精確調節火力，而且會受外界氣溫影響，所以他們會認為乾脆直接使用從保冷箱取出的冷牛奶，反而能穩定風味，也是可以理解的。當然了，這麼做會導致咖啡的溫度下降，所以也必須同時考量到這一點帶來的影響。

「你們會參加這次活動，是基於星後小姐妳和中田小姐的交情對吧？」

「是的。我和朝子從國小就是同學了。」

星後望向仍在遠處忙碌奔波的中田。

「雖然我們同年紀，但朝子能擔任這種活動的負責人，真的很了不起。她從以前就是個任何事情都說到做到，努力實現自己目標的人，我一直很敬佩她。」

我在心裡「咦」了一聲。因為雖然我並不是很了解中田，但我對她的印象似乎和星後的描述有些出入。

「真令人意外。對我而言，反而是妳看起來更可靠。」

「不，我哪裡比得上她。」

星後揮了揮手。

「我和朝子一起進了同一所私立完全中學，她還說想和我一起上大學。我算是比較認真念書的學生，而朝子總是快樂地度過每一天，老實說，我們的學力差距不小。即使如此，朝子還是說自己也會努力……結果考完試之後卻是我落榜了。」

「這還真是……命運弄人啊。」

沒有經歷過大學入學考的我也只能這麼說了。

「朝子真的是個非常努力的人。她的活力十分驚人，在我因為落榜而沮喪時，她安慰我說，無論去了哪裡，我們都是朋友。即使我們考上不同的學校，她也一直和我保持友好的關係。」

此時中田正好經過我們眼前，她的高跟鞋卡進道路的凹陷處，差點跌倒。我說道：

「我一直以為中田小姐是個單純又少根筋的人。」

「她的確也有這樣的特質。」星後噗哧一聲笑了出來。「但是每個人都會犯錯，她能立即承認錯誤並且迅速彌補，這就是她了不起的地方。」

中田來到塔列蘭邀請我們參加活動時，美星小姐雖然提出了一些批評，但也當場就表示想要參加。仔細想想，中田的確有一種讓人想要替她加油和幫助她的魅力。

「這麼受中田小姐喜愛的妳，一定也是個很棒的人吧。」

「哇，你太客氣了，我感到很榮幸。」

我和星後互相鼓勵加油後，便與她分開，看了看手表，離十一點還有十分鐘。該去準備迎接活動開始了。

我最後又瞥了一眼太陽咖啡的攤位，他們的餐點項目只有綜合咖啡。在長桌後面可以看到濾紙手沖的器具。

米田夫婦坐在準備好的椅子上，面帶緊張，默不作聲。我覺得這時不太適合隨意搭話，也不認為能和他們聊得起來。

我回到塔列蘭的攤位後，美星小姐跟我說道：

「我已經提前準備好三十杯了。為了避免氧化導致風味變質，提前沖煮大概最多只能累積到這個數量。」

我覺得她似乎是在委婉地指責我偷懶，便道歉說：

「對不起，我不該把所有工作都交給妳。」

「沒關係。在這次的活動中，沖煮咖啡是我的職責。」

在這次活動期間，美星小姐會專心沖煮咖啡，而我負責將咖啡倒入隨行杯和結帳等接待工作。平常在店裡時我也會沖煮咖啡，但在活動中有許多客人是第一次品嘗塔列蘭的咖啡，並且一次沖煮的量也與平時不同，所以我們認為由美星小姐專心負責沖煮咖啡會比較好。

「從現在開始，我會好好工作的。妳就抱著搭上大船的心情，儘管放心吧。」

「我很信賴你喔。畢竟大和號不僅是大船，還是超無畏級的巨大戰艦呢。」

當我們正一來一往地聊著時，時間已經過了十一點，第一位顧客來到攤位前了。

第一屆京都咖啡祭終於正式揭開序幕。

3

這次我們決定以三百日圓的價格提供一百毫升的咖啡。

比起平常的定價，這算是稍微便宜一些。不過，與特地造訪店裡的顧客不同，這次活動的主要目的是讓大家試喝。所以我和美星小姐一致認為，以試喝價格販售會比較合適。

另一方面，一杯一百毫升的咖啡也沒有少到算是淺嘗試喝的程度。傳統的咖啡館一杯大約一百二十毫升，受外國文化影響較深的咖啡館則會提供馬克杯容量的一百五十毫升，便利商店咖啡大多也是一百五十毫升，所以我們的分量只比這些稍微少一點而已。我們也針對這個問題討論過，但發現如果少於一百毫升，顧客在品嘗味道和香氣時難免會覺得意猶未盡，因此決定不再縮減分量。

塔列蘭的咖啡是用絨布濾沖式沖煮的。美星小姐為了這次活動，特地買了比平常更大尺寸的法蘭絨布濾沖杯，還事先練習了可以一次沖煮大量咖啡的技巧。

沖煮咖啡時，並不會隨著一次沖煮的杯數增加，而等比例地增加咖啡豆的量。舉例來說，如果每杯使用十克咖啡豆，那麼兩杯就用十八克，三杯二十五克，四杯三十克，基本上會逐漸減少每杯的使用量。也就是說，一次沖煮大量咖啡雖然更經濟實惠，但要重現少量沖煮時的味道並不容易。美星小姐為此反覆嘗試了許多次，甚至可能因為壓力太大，看起來有些疲憊不堪。

儘管如此，經過一段時間的努力，美星小姐終於能夠沖煮出讓自己滿意的咖啡了。每次濾沖約能煮出七杯多，大約七百五十毫升。這些咖啡會先倒入咖啡壺中，再轉移到保溫壺內，以每杯一百毫升的量提供給客人。這部分是我的工作。當然了，我們沒有時間每次都精確測量，所以我也特地練習過，讓自己能憑目測就準確倒出一百毫升。

就這樣，活動正式開始了，人潮也一下子就到達最高點。

在活動還沒開始前，會場就已經聚集了許多人。其中大概也有不少咖啡愛好者正迫不及待地期待活動開幕。不過，除此之外，好像還有許多週末來參觀平安神宮的觀光客和當地居民，看到這裡正好有活動，就想著不妨順道來喝杯咖啡，所以也留在會場。

因此當中田用擴音器宣布活動開始時，主辦單位本部的攤位前立即排起了長長的隊伍。伊原和上原忙著應對他們，拿到原創隨行杯的顧客則直奔各個咖啡攤位。轉眼間，每間店鋪的攤位都已經擠滿了人。

這次塔列蘭準備了四個容量一點五公升的不鏽鋼保溫壺。如果容器太小，容量就會不夠，但太大的話，則會產生多餘空間，加速咖啡氧化，所以我們最後認為這個尺寸最合適。

美星小姐先前曾說過，提前準備三十杯是極限，這正好相當於兩個保溫壺的量。她的意思應該是指每次沖煮七百五十毫升，合計共四次，這樣剛好裝滿保溫壺，可以盡量防止咖啡氧化。

隨著我們從客人那裡收取代幣券，並將咖啡倒入隨行杯，保溫壺很快就變輕了。在這段時間裡，美星小姐也不停地磨咖啡豆，並用多個濾杯沖煮咖啡，裝滿空的保溫壺，但每次濾沖約需要三分鐘，難免會讓客人等候。我不得不趁這個空檔清洗空壺、幫忙磨咖啡豆，忙得連喘口氣的時間都沒有。

包括在Roc'k On咖啡店的經歷，我在咖啡業界已經工作了大約五年半，但從未遇過這種忙得昏頭轉向的情況。一般來說，實體店鋪型的餐飲店座位有限，所以若非突發狀況，忙碌程度不會超過某個界限。相較之下，在這種活動中，顧客則是源源不絕地上門。雖然和在店裡工作相比，活動的工作內容比較單調，但為了盡量不讓顧客久等，我們必須不停地應對，這種感覺就像是不能停下來換氣的游泳，令人十分痛苦。

不過，到了正午時，可能是第一批客人已用完代幣券的緣故，情況漸漸緩和下來。可能是因為時間是中午，有些人離開去吃正餐了。從早上就這麼忙完全出乎我們意料之外，所以我很慶幸能在這個時候稍微放鬆一下。

「辛苦了，我們開場時的表現還不錯呢。」

到了十二點半，我終於有機會可以跟美星小姐聊點工作以外的事。她一邊準備下一批咖啡，一邊說：

「我很高興能有這麼多人來品嘗我們的咖啡。」

「根據我的觀察，光顧我們攤位的客人感覺不比其他攤位少。照這個情況，說不定我們真的能夠拿下冠軍。」

「其實對我來說，拿冠軍並沒有那麼重要。因為我們參加活動，主要是為了協助活動舉辦，而不是為了宣傳店鋪。」

我覺得她的態度不需要那麼死板。雖然藻川先生生病倒下後，要經營這間店變得很吃力，客人太多也是一種傷腦筋的情況，但從長遠來看，能讓塔列蘭咖啡店更加有名終究是件好事。

「唉，只希望他們能夠安分一點，不要製造麻煩。」

「是啊。雖然活動才剛開始，但我還是希望這只是我杞人憂天——」

不過，就在這個時候。

「美星小姐，妳看那邊。」

我指著正對面的太陽咖啡攤位說道。

「怎麼了嗎？」

「那邊的情況好像有點不對勁。」

米田夫婦正在攤位裡和中田朝子表情嚴肅地交談。一對看起來像情侶的客人走到攤位前，但和堅藏簡單說了幾句話後，就像放棄似地離開了。

「是不是發生什麼事了？」

「看起來是這樣……不過，這種活動難免會有些小問題，也不一定就是我們擔心的那種事情發生了。」

就在這時，剛才那對情侶來到塔列蘭的攤位，我們忙著招呼他們。等我們忙完，中田就小跑步朝我們這裡過來了。

「塔列蘭的各位，你們這邊沒問題吧？」

她突然這麼說，但我完全摸不著頭緒。

「呃，我們目前沒什麼問題……發生什麼事了嗎？」

「其實——」

中田一邊喘著氣，一邊回頭看。

「好像是有人針對太陽咖啡，惡意破壞了他們的物品。」

「惡意破壞？」

「有人剪破了他們使用的濾紙。」

我和美星小姐對看了一眼。

濾紙不可能自己剪破，這很明顯是蓄意妨礙行為。

美星小姐的擔憂並不是杞人憂天——事件再次發生了。

我環顧四周。這個時間點沒什麼客人，攤位前也沒有人在排隊。而且保溫壺還剩下許多美星小姐剛才煮好的咖啡。

「我去看看情況。」

我轉身說道，美星小姐立刻回答：

「拜託你了。」

「啊……不過，也許美星小姐妳去會比較好？或許妳能當場就迅速解決問題……」

中田在一旁一臉困惑地聽著我們的對話。

「不，還是請青山先生你去吧。萬一交談時間拖得較長，保溫壺裡的咖啡用完了，我必須親自沖煮才行。而且……」

美星小姐朝 ISI COFFEE 攤位的方向瞥了一眼。

「如果犯人真的打算進一步妨礙其他人，那麼這個因第一次妨礙而引起騷動的時機，就是他們採取下一步行動的好機會。我必須待在這裡，仔細看好我們的攤位。」

「什麼！？妳是說接下來還會發生更多惡意破壞的情況嗎？」

中田會感到驚訝也是正常的。但我們都知道第五屆ＫＢＣ曾發生的先例。

「當然最好是不要發生，但我們必須考慮這種可能性。總而言之，青山先生，請你先去試著了解情況吧。」

「好，我知道了。」

中田說她必須繼續通知其他攤位的工作人員，於是我獨自前往太陽咖啡的攤位。當我繞到後場區，跨過圍繩時，看到警衛大叔和堅藏正在爭論。

「既然會發生這種事，不就代表請你們這些人來根本就沒用嗎？」

「所以我剛才已經解釋過很多次了，這個後場區除了相關人士外，任何人都不能進去……」

「但現在不就已經發生惡意破壞的情況了嗎！」

待在堅藏身後的幸代看起來十分慌亂不安。

「好了、好了，米田先生，請你先冷靜一點。」

「哎呀，是對面那間店的人啊。」堅藏毫不掩飾自己的不悅。「這種情況叫我怎麼冷靜？我經營咖啡店二十幾年了，第一次碰上這麼直接妨礙營業的情況。真是太令人不快了。」

「我可以理解你的心情，但是……」

「這一定是那些對咖啡毫無興趣，只是剛好路過的蠢蛋做的惡作劇。難道防止這種事情發生不是警衛的工作嗎？」

「我認為犯人不一定是外人。」

堅藏瞇起眼睛。「你說什麼？」

就在這時，其他攤位的人也聚集過來了。大概是中田請他們效仿塔列蘭的處理方式吧，每間咖啡店都派了一名員工過來。Roc'k On咖啡店派了森場，猴子咖啡店是錦戶，椿咖啡店是足伊豆，而ISI COFFEE——則是石井春夫。

中田為了控制場面，走到堅藏面前說道：

「對於這次事件給太陽咖啡以及所有參與店家造成的困擾，身為活動負責人，我在此深表歉意。」

即使中田賠罪道歉，堅藏的不滿依然無法平復。

「妳又不是犯人，就算妳道歉，也不會讓我的心情變好。」

「那個……我聽說好像是跟濾紙有關？具體來說，你們遇到了什麼樣的惡意破壞呢？」

幸代遞出手裡拿的東西，藉此回答足伊豆的問題。

「就是這個。等我發現的時候，它已經變成這樣了……」

那是一疊用在圓錐型濾杯上的濾紙。

這些濾紙是由日本引以為傲的咖啡器具製造商，擁有國內唯一一座耐熱玻璃工廠的

HARIO股份公司所生產的。HARIO在二〇〇五年推出了內側有螺旋狀刻痕的圓錐型V六〇濾杯，因為搭上了注重咖啡品質的第三波咖啡潮流，再加上二〇一〇年在倫敦舉辦的世界咖啡師大賽的冠軍選手也是使用這款濾杯，於是成為了風靡全球的熱銷商品。

太陽咖啡似乎在濾沖時使用了這款V六〇濾杯。濾紙也是HARIO的原廠正品，略帶茶色的扇型濾紙。

幸代手上所拿的濾紙，每張邊緣都被剪出約一公分長的切口。這顯然不是意外或不良品，而是用剪刀等利器故意剪出來的。不用說也知道，這樣的切口會導致咖啡粉或熱水從裂縫中漏出，使濾紙失去正常的功用。

「早上我們抵達會場時，我曾經檢查過濾紙，確認過沒有異常。所以破壞行為肯定是在這個會場內發生的。」

「這是拿著整疊濾紙，用剪刀一次剪下去的嗎？」

聽到足伊豆的話，幸代左右搖了搖頭。

「你們仔細看，每張濾紙的切口位置都是不一樣的。」

幸代把那疊大約三十張的濾紙攤開來。果然如她所說，每張濾紙的切口位置都不同。其中有幾張濾紙或許是一起剪的，但至少可以知道，若拿起整疊濾紙只剪一次，是不會變成現在這樣的。

「所以……這到底是怎麼一回事呢？」

面對感到疑惑的足伊豆，堅藏冷哼一聲答道：

「大概是趁我們夫妻不注意的時候，一張一張地剪的吧。」

「這樣不太合理吧？」

我忍不住插嘴道。這種類型的討論，我在與美星小姐相處的過程中已經習以為常了。

「如果要在三十張濾紙上逐一剪出切口，會需要不少時間喔。就算混入幾張一起剪的來節省時間，照理說也不可能一下子就完成。你們兩人真的有這麼長的時間沒有注意到濾紙嗎？」

「喂，到底是怎麼回事啊？」

堅藏問道，幸代回答：

「濾紙是直立放在後方長桌上的一個開口朝上的盒子裡。我一邊在旁邊沖煮咖啡，一邊從盒子裡一張一張地抽出濾紙……」

我嚇得差點滑倒。原來不是堅藏在沖煮咖啡嗎？

「當然了，正在沖煮咖啡時，我的視線的確有短暫離開濾紙盒過，但是最多也只有兩、三分鐘吧。」

「那妳有沒有注意到附近有可疑人物？」

「沒有。正如你所說的，我不可能會漏看有人正在剪多達三十張濾紙的情景。」

「話雖如此，這畢竟是一場長時間的活動，就算去個廁所也很正常吧。犯人會不會就是趁攤位人手不足的時候，一張一張地剪破濾紙的呢？」

米田夫婦異口同聲地否定了森場的說法。

「活動才剛開始一個半小時耶，我們根本沒去過廁所。」

「我也是。活動一開始就湧進許多客人，所以我根本沒有空去廁所……」

「但是，這樣一來，就表示沒有任何人能夠在濾紙上剪出缺口了。」

「——其實還是辦得到的。」

石井春夫突然開口說話，大家的目光都聚集在他身上。

「只要事先準備剪好的濾紙，再把整盒濾紙掉包就行了。這樣只需要一瞬間就能躲過他們的目光完成破壞。」

原來還有這招啊。不愧是曾經想當魔術師的人，這想法很符合他的個性……無論他是不是犯人。

「阿姨，這些濾紙是你們平常店裡就在用的吧？」

即使石井的態度有些無禮，幸代臉上也未顯露怒色。

「是的。我們在店裡也是把濾紙放在盒子裡，要用時就從裡面一張張拿出來沖煮咖啡。

因為HARIO的濾紙盒是設計成可以直接當濾紙收納盒來使用。」

「既然如此，想準備相同的濾紙並不難。只要事先去你們店裡調查一下就好了。」

「但這次是參加活動，濾紙的尺寸也有可能會不一樣吧？老實說，我們店就是這樣的。」

我說道。

「就算是這樣，也不至於更換使用的器具品牌吧。只要準備幾種不同尺寸的濾紙以防萬一就好了。」

我對這個說法沒有意見。尺寸可能會改變，但如果連濾杯或濾紙的品牌都換了，肯定會影響咖啡的風味。所以犯人應該可以料到太陽咖啡會在活動中使用與平時相同的HARIO製濾杯。

「那個……石井先生你這樣說，聽起來簡直就像是犯人為了這次惡意破壞，事先做了很充分的準備耶？」

石井轉身面向提出這個疑問的錦戶，若無其事地斷言道：

「所以我剛才一直想表達的就是這個意思啊。」

「犯人為什麼必須這麼做呢？」

「這還需要問嗎？」石井不知為何突然彈了一下手指。「就是為了拿下冠軍啊——這個第一屆京都咖啡祭的冠軍。」

當其他人都傻眼愣在原地時，我腦海中卻再次浮現了在兩年前第五屆ＫＢＣ上所目睹的情景——的確有人曾使用卑鄙手段，試圖擊敗對手奪得冠軍。

「為了一個沒有獎金的比賽？不可能。不可能。」

「我認為不該這麼快就斷定不可能。」

堅藏正想一笑置之時，中田反駁了他。

「各位知道今年五月舉辦的『第一屆京都咖啡商店街』活動嗎？」

超過一半的人點了點頭。中田曾在來塔列蘭邀請我們參加活動的那天提過這件事。

「簡單來說，京都咖啡商店街舉辦得十分成功。你們知道在那次活動中販售杯數最多的店家，後來營業額成長了多少嗎？」

「不，這個我們就……」堅藏看起來有些困惑。

中田稍微停頓一下後，說出了答案。

「據說到目前為止，大約成長了四倍。」

這個數字讓我也大為震驚。對飲食業來說，在不到半年的時間內，營業額竟成長了四倍，無論原本的客人數量如何，這都是相當驚人的。沒想到那個活動竟有如此強大的宣傳效果。

「當然了，這不只是活動的功勞，我想拿下第一名的店家也充分利用這個頭銜，在經營上付出了絕大的努力。但是這場活動確實成了一個契機，也讓我們察覺到京都咖啡業的蓬勃發展，讓業界的所有人都震驚不已。本公司之所以也迅速開始籌辦類似活動，正是看中了京都咖啡商店街帶來的巨大影響。」

「現在你們明白了吧。這場活動也可能隱含著足以讓人不惜妨礙他店也要拿下冠軍的巨大利益。」

石井似乎早就從中田那裡聽說了具體數字，他接著說道：

「獎金用完就沒了，但營業額不會那麼容易下降。比起為了那點獎金妨礙別人，這種動機更加合理又有說服力。」

「一個曾為了區區獎金而妨礙別人的人，說這種話的確很有說服力呢。」

「喂，你說什麼？」

我那不自覺的喃喃自語差點被石井聽到，我趕緊沉默地搖了搖頭。

「總之，犯人為了妨礙其他店家，對濾紙動了手腳。遭受損害的太陽咖啡在準備代替用的濾紙期間，不得不暫停營業。既然無法預測總共需要多少濾紙，所以向使用類似濾紙的其他店家借用也無法實際解決問題。」

「如果跑去附近的店家買，大概需要一個小時左右吧。」

幸代嘆著氣說道。岡崎公園鄰近鬧區，要找到像V六〇這種常見濾杯的濾紙並不會太困難。但是從發現狀況、討論解決辦法再到重新開始營業，這整個過程無論如何都將耗費不少時間。

「犯人是不是覺得我們店是個強大的競爭對手呢……」

「這我就不清楚了。或許犯人只是覺得你們店比較容易妨礙，能夠提前解決一個競爭對手當然是再好不過。」

明明沒必要這麼說，石井的話還是在貶低堅藏的自尊心。

「不過，這樣的話，選擇在人潮尖峰時段下手不是更有效嗎？現在這個時間，各攤位都閒下來了，很難想像中斷營業一小時會對排名造成多大的影響。」

石井直接駁回了森場提出的疑問：

「應該只是尖峰時段沒有機會下手而已吧。有可能是阿姨她一直守著濾紙盒，讓犯人無法掉包，或是犯人自己也忙得不可開交。再說了，這是第一次舉辦的活動，誰也無法預測尖峰時段是在什麼時候。不過，無論如何。」

石井環顧在場的眾人，宣布道：

「犯人就在參加這次活動的店家的工作人員，也就是這十二人之中。」

足伊豆、錦戸、森場、米田夫婦，還有中田，都倒抽了一口氣。

若從動機來思考，這個推論很合理。但是情況並沒有這麼單純。我提醒道：

「我同意犯人可能就在六間店家之中，但實際下手的人不一定就是這十二人中的某人吧。畢竟成為冠軍的好處是由店鋪享受，而不是個人獨得。所以我覺得也有可能是這些店裡其他沒有參加活動的工作人員所為。如果是整間店的人串通起來犯案，只要借用一下通行證，就可以自由進出後場了。」

倒不如說，那些沒有參加活動的工作人員可以來去自如，更便於採取行動。

石井似乎覺得很掃興，說道：

「說犯人就在我們之中，不是會更有緊張感嗎？」

就算他這麼說，我們也不能散播違背事實的說法。畢竟我們之所以在這裡討論，又不是為了讓石井耍帥。

話說回來，為什麼情況會演變成石井在扮演偵探的角色啊？難道認為他才是進行妨礙的犯人的推測並不合理嗎？還是說，他想把罪行栽贓給別人？無論如何，他的一舉一動都值得警惕。

就在這時，森場突然說了一句出人意料的話。

「既然如此，犯人應該不是我們店的人吧。」

「為什麼這麼說？」石井立即反問道。

「雖然這麼說有點不好意思，但Roc'k On咖啡店目前已經有很多客人光顧，每個月的利潤也夠多了。所以我們沒有必要去妨礙其他店家來爭奪冠軍。」

「那我們店也是一樣。」錦戶也順勢說道：「我們這次參加活動，主要是為了幫忙望的朋友中田小姐。當然了，如果能增加營業額，那是再好不過，但我們還沒到需要不擇手段爭奪冠軍的地步。」

「好了，安靜！你們別想用這種理由來擺脫嫌疑！」

聽到石井這麼大吼，森場和錦戶都默默閉上了嘴。

「不管你們怎麼想，也不能代表所有工作人員都是一樣的想法。就算現在不用在乎提升營業額，但能拿到冠軍頭銜也沒什麼壞處吧。因為我們也無法排除在不遠的將來，某種未知病毒會突然在全球蔓延，讓餐飲業遭受毀滅性打擊的可能啊。」

「這種假設太荒謬了！」堅藏嗤之以鼻。

「我不是在討論真實性，而是舉例說明這種思考方式也是可能出現的。」

接著，石井將雙手交叉在背後說道：

「我們來用更理性的方式討論吧。我已經把嫌疑人範圍縮小到兩間店了。那就是——你們！Roc'k On 咖啡店和猴子咖啡店！」

剛才還宣稱自己清清白白的兩間店，被石井的左右手食指分別指著，雙雙勃然大怒。

「別開玩笑了！你這是在報復嗎？」

「就是說啊。你有證據嗎？」

「當然有，而且是再明確不過的證據。」

石井緩緩轉身，對著站在不遠處的警衛說道：

「警衛先生，你一直看守著這個西側攤位的後場區對吧。那我想請問你，在今天的活動開始後，有沒有人跨過那條礙事的圍繩，闖入後場區呢？」

石井突然用名偵探般的口吻說話，讓人感到十分詭異，但警衛絲毫不受影響地回答：

「我在大家開始準備的九點前就在這裡看守了。在十一點以前，只要掛著通行證，無論是誰都可以通過，所以我沒有去區分這些人是東側還是西側攤位的工作人員。但在活動開始後，我可以保證，除了西側攤位的工作人員和中田小姐外，沒有其他人進出。我也沒有因為上廁所等理由離開過工作崗位。」

「原來如此，那在活動期間，有機會接近太陽咖啡後場區的人是誰呢？」

「是西側攤位的六名工作人員和中田小姐，總共七人。」

包含米田夫婦、森場、錦戶和中田在內的五人都驚愕不已。

石井得意洋洋地說：

「這樣你們明白了吧。只有西側攤位的人才有辦法犯下這起妨礙事件！」

正如石井所宣稱的，他的推理有明確的根據。原本從動機角度聲稱自己清白的兩人，此刻反而面對著銳利的懷疑，無言以對。

中田大概是看不下去了，開口說道：

「我們報警吧。這已經是明顯的犯罪行為了。」

「可是……三十張濾紙頂多也才幾十日圓吧。就算加上營業中斷期間的損失，總金額最多也不過一萬日圓左右吧。警察會認真看待這件事嗎？」幸代看起來有點躊躇。

「我認為這不只是金額多寡的問題。如果警察願意調查，一定能用指紋之類的……」

「妳忘了嗎？我們一直都戴著塑膠手套。如果這是預謀犯罪，犯人在剪濾紙時應該會注意不留下指紋，而且在掉包濾紙盒時，戴著手套也不會引起懷疑。」

石井舉起自己仍戴著塑膠手套的手。中田苦惱地呻吟了一聲。

「可是，無論是受害的太陽咖啡，還是被懷疑的 Roc'k On 咖啡店和猴子咖啡店，都無法接受我們就這樣什麼都不做吧？」

「如果鬧到報警，而且還查出參加活動的店家工作人員是犯人的話，不僅會嚴重損害活動的形象，連負責舉辦這次活動的 SakuraChill，也會被質疑管理不善，遭受打擊。朝子，妳能接受這種結果嗎？」

聽到石井的勸告，中田的臉色頓時變得慘白。

「……太陽咖啡的兩位，你們是怎麼想的呢？」

堅藏無奈地嘆了一口氣。

「雖然很不甘心，但我在活動前和大家第一次見面時也說過，我們店參加這次活動，主要是希望能多吸引一些客人。雖然無法拿到冠軍，但能夠順利讓活動結束，並讓更多人品嘗到我們的咖啡，與其害活動本身被世人譴責，這樣可能更符合我們本來的目的。」

受害者的這番話決定了這件事的處理方式。

「……好吧，那我們就不報警了。」

中田以痛心疾首的表情做出了決定。

「我們也會加強警惕，但還請各位務必多加注意。如果犯人的目標真的是冠軍寶座，我們很難保證類似事件不會再次發生。如果只是剪濾紙這種行為就算了，犯人有可能會採取更危險的手段。」

「這就難說了。妨礙其他店家的次數愈多，嫌疑人的範圍就會愈小。」

石井似乎對於犯人是否會再次犯案的擔憂抱持懷疑的態度。

「就算是這樣，只妨礙一間店，效果應該也不大。再多針對一間店也不足為奇。」

「那只要裝監視攝影機就好了吧？」

石井說得很輕鬆，但中田卻顯得有些尷尬。

「要用攝影機監視這麼大的場地並不簡單……就算每個攤位都設置一台，至少也需要六台。雖然這麼說很抱歉，但不只現在去買來裝設有困難，從預算角度來看也有點不切實際——」

「呀啊！」

幸代突然尖叫一聲，把我們都嚇了一大跳。

「對、對不起。我剛剛才注意到，最後一張濾紙上竟然有這種東西……」

幸代把手上那張被剪破的濾紙翻了過來。

濾紙背面有一行像是用黑色油性筆寫的字，字跡刻意歪斜扭曲，一看就知道是為了避免被認出來，讓我感受到了犯人的執著，不禁背脊發涼。

冠軍的榮耀將由我們奪得

4

「石井先生的推理有漏洞。」

這是美星小姐聽完我的報告後說的第一句話。

「漏洞？」

我抓緊沒有客人的空檔詢問她這句話的真正意涵。時間已經快到下午一點半了，感覺會場內的客人又有逐漸增多的跡象。

「因為沒有機會一張一張剪破，所以我認同整盒被掉包的可能性。話雖如此，斷定盒子是在活動開始後才被掉包，這種結論還是太草率了。」

「為什麼呢？在妨礙行為被發現前，幸代女士一直都是用沒有被剪破的濾紙在沖煮咖啡喔。會認為濾紙在發現前不久才被掉包是很合理的吧？」

「這件事解釋起來很簡單。只要在剪過的濾紙上疊幾張完好的濾紙就行了。」

我恍然大悟地「啊」了一聲。美星小姐繼續說道：

「幸代女士不是說過，她是從盒子裡一張一張地取出濾紙來濾沖咖啡的嗎？一般來說，濾紙都是從最上面依次取用吧。這樣只要在上面疊上沒有被剪開的濾紙，就能延後掉包被發現的時間。」

「這的確是個盲點……如果是這樣的話，不在尖峰時段妨礙的理由或許也會有所不同。只是疊上幾張濾紙的話，無法預測妨礙行為會在什麼時候被發現。」

「警衛的證詞不是說過，只要掛著通行證，在活動開始前任何人都能進入後場區嗎？另一方面，就和我們一樣，每個攤位都是在活動開始前兩小時到達現場並開始準備，所以在那段準備時間裡，米田夫婦有很多機會將視線從濾紙盒上移開，而其他人也有可能接近那個盒子。因此，認為只有在西側攤位後場區的人才能妨礙他們是錯誤的想法。」

不愧是美星小姐，在這麼短的時間內就輕而易舉地推翻了石井的推理。果然還是應該讓美星小姐去參與剛才的討論會比較好吧。

「不過，這樣就代表持有通行證的所有相關人士都有可能犯下這起妨礙事件了吧？」

「是的。正如石井先生所說，如果這是一開始就針對太陽咖啡的預謀犯罪，那要事先準備好被剪破的濾紙並不困難。」

這時正好有客人來，我替他們準備了咖啡。等服務完畢後，美星小姐又繼續開始討論。

「認真說起來，為什麼犯人要大費周章地一張一張在濾紙上剪出切口呢？」

「妳的意思是？」

「如果犯人真的想要妨礙太陽咖啡，直接用剪刀在整疊濾紙上剪一刀就夠了吧？這樣濾紙就完全不能用了。」

正對面的攤位仍舊很安靜。我沒看到幸代的身影，應該是忙著購買濾紙了吧。

「而且這樣還可以偽裝成是路過客人的惡作劇。至於警衛會說出什麼證詞，也要等事情發生了才會知道。」

「堅藏先生一開始的確也是這麼懷疑的。」

「話雖如此，犯人還是花費時間和精力一張張剪開，甚至還留下了犯罪聲明，讓我有點難以理解其目的為何。因為如果犯人是擁有通行證的店鋪工作人員，那他這麼做一定會讓自己也成為嫌疑人之一。」

我稍微思考了一下，謹慎地開口說道：

「犯人的目的會不會就是要縮小嫌疑人範圍呢？」

美星小姐並沒有立刻斷然否定我的想法。

「請繼續說下去。」

「請想像一下犯人拿著整疊濾紙用剪刀一起剪破的情況。正如剛才美星小姐所說的，這樣也有可能被當成是路過客人的惡作劇，完全無法鎖定嫌疑人。無法鎖定嫌疑人的結果，就是犯人自己也成為嫌疑人之一。而且這個犯人還擁有一個強而有力的動機——奪取冠軍。」

那名警衛之所以會說出沒有讓外人進入後場的證詞，完全只是結果使然。無論是整盒被掉包，還是當場在米田夫婦不注意時剪破濾紙，如果沒有那名警衛的證詞，應該是無法縮小嫌疑人的範圍。

「那麼，如果像這次這樣，每張濾紙都被一張張剪破的話，又會怎麼樣呢？在這種情況下，因為必須事先準備好要掉包的濾紙，所以不可能是路過的人惡作劇。這樣一來，就會變成並非惡作劇，而是相關人士的妨礙行為。犯案聲明也更加證實了這一點。」

「你說得沒錯。」

「所以盒子被掉包的時機就變得很重要了。如果我們在這時沒有想到美星小姐剛才提到的，把完好的濾紙疊在上面的手法，那我們會得出的結論就是——」

「犯人在西側攤位的店家工作人員之中。」

我滿意地點了點頭。

「這才是犯人的目的。因為犯人根本就不在西側攤位。」

美星小姐似乎聽懂了我的意思，接著說道：

「你的意思是，犯人並非西側攤位的工作人員，而且還是特意說出自己的推理來強調清白的人——也就是石井春夫先生對吧？」

「如果犯人是他的話，即使不靠警衛的證詞，只要聲稱自己沒有離開過攤位，就能取得不在場證明。」

「但是有一點讓我很在意，如果考慮到犯案時機的問題，那麼無論是逐一剪破濾紙，還是整疊剪破，好像還是沒有太大區別。」

「倒也不能這麼說。如果我們在討論時往路人惡作劇的方向推測，犯人卻刻意強調自己的不在場證明，反而會引起懷疑。但是這次犯人一張張剪開濾紙，並留下了犯案聲明，使嫌疑人範圍縮小為那些有動機妨礙其他店家的十二名工作人員——連太陽咖啡也一起算進去的話。只有在這種情況下，犯人才能順勢自然地強調自己的清白，並且引導大家去懷疑其他人。」

「原來如此。青山先生，你的推理真是精闢啊。」

美星小姐露出了微笑，讓我感到相當自豪。

「他邀請美星小姐參加這個活動的理由，看來也和這有關吧？」

「這是什麼意思？」

「因為石井先生希望美星小姐能看穿盒子掉包的手法啊。這樣一來，即使自己沒有說出口，也能擺脫嫌疑。然而，情況並未如他所願，由於美星小姐沒有參與那次討論，他只好親自扮演偵探的角色了。」

「如果真是這樣，那他也未免太小看我了。因為這表示他以為即使有人能想到盒子被掉包，也想不到在上面疊濾紙的方法。」

美星小姐看起來很不高興。

「這就是他最大的失算了。那麼，我們接下來該怎麼辦？要直接質問石井先生嗎？還是要告訴中田小姐？」

「我對石井先生嫌疑很大這點沒有意見，但遺憾的是，我們沒有證據。」

「如果他還留有掉包的濾紙……」

「如果我是犯人，肯定早就把那些濾紙處理掉了。」

「說得也是。唉，真讓人焦躁啊。」

「讓他以為自己沒有被懷疑，或許反而可以讓他露出馬腳。基於同樣理由，目前也暫時先不要告訴中田小姐吧。」

「畢竟她看起來不像是那種能夠隱瞞疑心，若無其事地與石井先生互動的人。」

「當然了，我們的推理也有可能是錯的。要是因此引起不必要的混亂，反而正中犯人下懷。」

我們一致同意繼續對石井保持警惕。我朝北側的攤位望去，只見石井正心情很好地在顧客面前表演簡單的魔術。

後來活動沒有再發生什麼大問題，在下午兩點過後，來客人數迎來第二波尖峰，但隨著太陽西斜，人潮也逐漸減少。

太陽咖啡在事件發生後不到一小時就恢復營業了。雖然在這段期間光顧的客人可能會投票給其他攤位，所以對爭奪冠軍來說，這一小時的損失有些慘重，但如果只看營業額的話，正如幸代所預估的，妨礙事件應該沒有造成太大的影響。

接著，時針指向晚上六點。第一屆京都咖啡祭的第一天也到了結束的時候。

活動結束後不久，我就看到SakuraChill的工作人員在主辦單位的攤位裡統計票數。統計完成後，所有店家的工作人員便收到召集通知，在早上碰面的同一地點集合。

「各位，今天真的是辛苦你們了。」

配合中田的這句話，每個人都輕輕鞠躬示意。

「雖然今天發生了一些問題，但第一天能夠順利結束，還是讓我稍微鬆了一口氣。這都是多虧了各位的配合，謝謝你們。」

哎呀，在發生今天那起妨礙事件後，她竟然還說得出「順利結束」啊。雖然我覺得她好像有點太樂觀了，但身為主辦單位，若是垂頭喪氣，也會害參加者士氣低落。她可能是考慮到這一點，才會刻意選擇較正面的表達方式吧。

「那麼，現在我們將公布決定冠軍的人氣投票現階段的結果！」

中田一這麼宣告，現場的氣氛就稍微緊張了起來。

「話雖如此，我們只會公布前三名的店家，不會透露具體的票數，還請大家諒解。之所以公布目前的排行結果，主要是希望能當成參考依據，讓大家明天爭取更好的成果。」

她等了一會，確定沒有任何工作人員反對後，便宣布了結果。

「那我要開始了。第一名是Roc'k On咖啡店！」

大家聽到結果後鼓起掌來，森場也一臉自豪，但青瓶的表情卻完全沒變。真是個不討喜的新人。

「第二名是猴子咖啡店！」

錦戶和星後鞠躬後，現場再次響起掌聲。大概是因為他們專注於經營咖啡歐蕾系列，才取得了這樣的好成績吧。

「最後，第三名是……塔列蘭咖啡店！」

我們自己已經知道販售情況還不錯，所以對這個結果不太驚訝，但現場卻傳出了一片驚嘆聲。或許大家都沒想到我們會是一匹黑馬。和猴子咖啡店比起來，我們簡單明瞭地只提供一款濾沖式綜合咖啡，這大概也是我們能擠進前三名的原因吧。

「其他店家也還有逆轉的機會，請大家明天繼續加油喔。」

中田盡量以開朗的語調結束了這段話，但米田堅藏的臉色依然很難看。畢竟受到妨礙行為影響，營業額下降是事實，難免讓人同情。而椿咖啡店的兩人則顯得十分悠哉，似乎不太在意結果如何。

此時——我轉頭看向石井春夫。

石井看著中田的眼神十分冷靜，難以揣測他的情感。一旁只是來幫忙的冴子則好像對此毫無興趣，漫不經心地撥弄自己的髮尾。

我和美星小姐單靠邏輯推斷出石井春夫是頭號嫌疑人。但如果這是真的，我們該如何解釋現在這個結果呢？

因為遭受妨礙，太陽咖啡的排名拉低了，ISI COFFEE的排名可能因此上升了一位。但即便如此，ISI COFFEE目前最高也只是第四名。想要成為冠軍，他們還必須超越目前排名前三的店家。

他是不是打算在明天的活動中進一步妨礙前三名的店家呢？

不用想也知道，這麼做很不切實際。如果同時下手妨礙四間店家，幾乎等於直接承認自己就是犯人。

也就是說。

妨礙行為是不是已經不會再發生了呢？

在活動第一天，由於無法預測各店家會獲得多少票數，因此下手妨礙還有其意義。但在聽完目前的排名後，如果明天又發生新的妨礙行為，大家肯定會懷疑那些排名因妨礙而上升的店家。而且如果排名沒有提升，那麼妨礙行為不僅毫無意義，反而還會增加被發現的風險。

這樣的話，藉由妨礙來奪取冠軍的手段是否已經被堵死了呢？這不僅是針對石井春夫，無論犯人是誰，情況都是一樣的。排名第二名以下的店家會因排名上升而遭受懷疑，而排名第一的店家則根本沒有必要妨礙別人。

「那麼，明天的活動和今天一樣是從早上十一點開始，也請大家多多關照了！」

中田這麼說後，大家就各自散開了。

我正準備回到攤位整理東西時，突然有人從後面輕輕戳了我的肩膀一下。

當我正想轉身往後看時，一股花香撲鼻而來。緊接著，有人在我耳邊悄悄說了一句話，讓我頓時僵住了。

「──────」

我還沒來得及思考為什麼，聲音的主人就已離開。走在我前面的美星小姐完全沒有注意到這一幕。

當我們差不多完成整理工作時，藻川先生出現了。我們已事先告知他活動在晚上六點結束，所以他開車過來協助我們運送物品。

「你們沒賣我做的蘋果派和拿坡里義大利麵，生意應該沒多好吧。」

藻川先生一見面就毫無慰勞之意地這麼說，似乎惹毛了美星小姐。

「我們目前人氣投票是排名第三。我覺得這已經是很不錯的成績了。」

「看吧，要是有我在，那就是第一名啦。」

「這次活動不能賣食物，就算叔叔你來了，也只會添麻煩而已。好了，別再說廢話了，快來幫忙搬東西。」

「妳不要因為沒拿到第一名就跟吃了炸藥一樣嘛。這是個好機會，讓你們知道沒有我，塔列蘭根本撐不下去——」

「吵死了，你這色迷心竅的老頭！根本是我們家族之恥！」

唉，藻川先生太過煩人，美星小姐的怒氣徹底爆發了。

「今天不只忙得要命，還發生麻煩事，我已經累癱了。拜託你安靜一下好嗎？」

被美星小姐一把摘掉針織帽的藻川先生，頓時變得跟炒爛的蔬菜一樣萎靡不振。

「因為……我其實也很想參加這個活動嘛。我什麼忙都幫不上，就像是被排擠一樣，我真的覺得很寂寞……」

聽到這裡，美星小姐插著腰說道：

「這也是沒辦法的事啊，叔叔你剛做完心臟手術還不到半年，我們怎麼可能讓你來戶外站著工作呢？你光是能幫忙開車運送東西，就已經幫了我們大忙了。」

「真的嗎？那我也可以驕傲地說我是塔列蘭的一分子了？」

「這是當然的吧。畢竟塔列蘭的老闆，在這世上只有一個人，那就是叔叔你啊。」

「美星……！」

「叔叔……！」

兩人握住了彼此的手。這是什麼情況？

「好了、好了，你們兩個如果感動夠了，就趕快出發吧。」

聽到我的話，美星小姐猛然回過神來。她一邊嘟囔著「都是被你影響的」之類的話，一邊把針織帽還給藻川先生，臉頰紅得像早已西沉的夕陽餘暉。

5

「竟然說我是家族之恥，這會不會太過分了呀？」

藻川先生仍對這句話耿耿於懷。

場景轉到了塔列蘭咖啡店的店內。我們必須趁今晚整理和保養在活動中使用過的工具，並為明天做好準備。舉例來說，今天重複使用的法蘭絨濾布要先煮沸消毒，然後放入裝滿水的容器中冷藏保存；保溫壺的注入口等部位殘留的咖啡若是氧化，會影響味道，所以也需要仔細清洗。工作量其實和平常打烊後要做的事差不多。

「原來你還算有自尊心，不能接受有人說你是恥辱啊。」

美星小姐一邊秤量明天要用的咖啡豆，一邊低聲嘟囔。這聽起來不像在諷刺，而是發自內心的想法，讓我有點害怕。

我們三人分工合作，大約一個小時就完成所有的工作。平常有偷懶習慣的藻川先生，這次可能因為才剛抱怨過被冷落的寂寞感，所以工作時格外賣力。

「好了，差不多就這樣吧。」

美星小姐一邊拍著手一邊說道。既然店長已經滿意了，那身為店員的我自然會遵從她。

「青山先生，叔叔，今天辛苦你們了。這是塔列蘭咖啡店在不算短的歷史中頭一次參加活動，就我們店而言，我覺得我們算是在沒有巨大失誤的情況下順利結束了營業。」

「就我們店而言」這段話當然是在暗指妨礙事件。

「希望明天也能順利結束，我們所有人都加油吧！」

「好的！」

「好唷！」

「那麼，我先告辭了。」

當我匆匆忙忙準備離開時，背後傳來了呼喚聲。

「青山先生，你要去哪裡？」

我轉過身一看，美星店長的眼神緊盯著我，讓我的舉止變得有些不自在。

「呃，去哪裡？當然是回家啊。今天的工作不是已經結束了嗎？」

「是這樣沒錯……但我總覺得你看起來很像落荒而逃。」

「真是的，妳在說什麼啊。我只是累了，想趕快回去休息而已。」

「這樣啊……好吧。今天辛苦你了。」

「好，晚安！」

我走出店內，關上店門。當我把手放在胸口時，發現自己的心臟跳得飛快。

剛才的反應是怎麼回事啊！？美星小姐基本上應該只是個洞察力和推理力十分優秀的女性，絕對不是超能力者，但她有時又會展現出一種可稱為「女人的直覺」——這樣形容會不會太過時了？——的敏銳觀察力。

不過，總而言之，我還是穿過由住宅屋簷形成的隧道，離開塔列蘭的庭院，開始沿著二條通往東走。我在途中試著環顧四周好幾次，但是並沒有發現有人跟蹤我。

在快要抵達鴨川時，我走進左手邊的一棟建築物。那裡是一間內部裝潢既典雅且明亮寬敞的酒吧。店內各處都陳列著酒瓶，吧檯分為兩區，也設有餐桌席。這間酒吧的菜單品項也很豐富，店內隱約飄著招牌咖哩的香氣。

坐在吧檯深處的一位女性一看到我，立刻揮手。

「哇，你真的來了。」

我一邊在她旁邊的椅子坐下，一邊說道：

「不是妳邀請我來的嗎——舌瀨舞香小姐。」

舞香看著我，無憂無慮地笑著。

剛才在傍晚的集會後，偷偷在我耳邊低語的正是她。她說：

「我們待會一起去吃飯吧。我的LINELINE ID是×××。」

「LINELINE」並不是香氛的名稱，而是智慧型手機的通訊軟體。只要知道ＩＤ，就可以搜尋對方的帳號。舞香口頭告訴我的ＩＤ很簡單，我試著搜尋了一下，果然找到了一個名為「我是舞香唷♡」的帳號。這個帳號的頭像是椿咖啡店的椿花圖案商標，肯定就是她本人。

我先傳送訊息給這個帳號，很快就收到了回覆——因為我的帳號名設定為本名，所以她一下子就認出是我——看來她是認真地想約我吃飯。我告訴她我必須先回塔列蘭整理，舞香就說要來附近找我，我便請她先到我知道的酒吧去。他們回到椿咖啡店後，整理工作似乎是由足伊豆一人處理，所以兩人就在活動會場直接解散。從岡崎公園到這間酒吧，步行的話不用十五分鐘就會抵達。

我答應舞香的邀約是有原因的。既然她特地來找我這個在活動開始前只和她聊了幾句的人，應該是有話要說，我猜可能與太陽咖啡被妨礙的事件有關。所以這次見面也是情報收集的一部分，當然也絕對不是什麼劈腿行為，可以說是完全沒有其他想法……好吧，如果問我是不是真的完全沒有，那我會說或許的確有那麼一丁點心動，大概就像最近很熱門的PM2.5一樣微小吧。

舞香只點了一杯含羞草雞尾酒，似乎在等我出現。她說她大概在二十分鐘前就進來了。

「這間店很不錯耶。雖然很時髦，但不會讓人覺得太正式。」

「塔列蘭打烊後，我偶爾會來這裡。這間店距離很近，無論點什麼都很好吃。」

聽到這裡，舞香忍不住笑了出來。

「不要用敬語啦。你年紀比我大吧？」

「呃……應該是這樣吧。我這個月剛滿二十五。」

「我今年二十四。」

雖然出社會後，一歲的年齡差距就就不是一項值得在意的指標了，但只有年紀比我小的她不用敬語，感覺的確有點奇怪，所以我決定也仿效她來說話。

我先點了一杯啤酒和一些食物。點完後，舞香突然湊上來，看著我的臉問道：

「所以你經常和女友來這間店嗎？」

「女友？」

「那還用說，當然是美星囉。」

她露出了調侃般的笑容。我一邊喝著很快就送上來的啤酒掩飾尷尬，一邊說：

「我和美星小姐不是那種關係啦。不過，工作結束後倒是有一起來過幾次。」

「哦！你們沒有在交往啊。你應該不是那種會在女生面前刻意隱瞞的人吧？」

「我、我才不會……舞香小姐妳和足伊豆先生之間也沒什麼吧？」

「我們店長太吊兒郎當了，我才不要呢。不過，大概也是因為這樣，店裡生意才會那麼好吧。」

為了反駁「有戀愛關係的男女無法一起經營咖啡館」的說法，我補充道：

「不過，猴子咖啡店的那兩人好像在交往喔。」

「你是說小望和錦戶先生吧。我知道，我看到戒指後就跟當事人確認過了。」

我知道前者肯定是指星後望，但才認識第一天就叫人家「小望」？我真的覺得她與別人相處時的距離感很奇怪。

「妳講話還真是口無遮攔耶。我覺得還是不要隨便問這麼私人的事比較好。」

舞香一臉茫然，好像聽不懂我在說什麼。

「可是呢，我現在也在找男朋友呀！如果不先弄清楚對方是不是單身，之後會很麻煩吧？」

她說得倒輕鬆，明明就假設我是美星小姐的男友，卻還來邀我吃飯。她的這些言行簡直就像是故意要製造麻煩一樣。

舞香一邊扳著手指數，一邊繼續說道：

「森場先生已經結婚了吧。小瓶——青瓶是單身。冴子小姐和石井先生也是單身……」

「妳連石井先生都確認過了嗎？雖然這麼說有點失禮，但我覺得他不可能是妳的戀愛對象。」

「你好天真喔！就算他本人不行，但要是他舉辦飲酒會，說不定會帶不錯的男生來參加啊。」

真是貪心。這女孩不僅貪心，經驗還很豐富。

「不過嘛，我對於要和石井先生單獨出去吃飯實在有點提不起勁，所以今晚如果要在你們這群人裡面約人的話，就只能在你和小瓶之間二選一了吧。我覺得你比較有可能會來，所以就先找你了……」

「為什麼？」

「因為你看起來就像是那種很不會拒絕別人的人啊。我看你無論是和女生交往還是分手，都是對方怎麼說就怎麼做吧？」

唔……她完全說中了，我無法反駁。我基本上就是那種容易被人牽著鼻子走的人。

「如果你沒有答應我的邀約，那接下來我就打算去邀小瓶了。不過嘛，那個男生看起來很冷淡，我想八成會被他直接拒絕就是了。」

「換句話說，妳今天邀我就只是在搭訕嗎？」

「那是當然的吧。我反而想問你，你覺得我想做什麼？」

我頓時感到很無力。之前還以為這次見面可以收集情報，我實在太蠢了。

舞香拿起炸魚薯條中的炸魚享用，若無其事地說道：

「我的行情並沒有差到還要特地找人陪我吃飯好嗎？只是難得因為這次活動認識了同行，能夠增進彼此感情也沒什麼不好的嘛。」

我覺得這次她好像終於說出了比較正經的意見。我贊同她的想法，加強店與店之間的聯繫，對整個業界的發展是有好處的。如此看來，她之前說的那些戀愛對象之類的話題，或許也是某種社交上的場面話。

「像這次這種第一次舉辦的活動，如果只從單一店家的角度來看，肯定有很多無法了解的地方。所以我也認為參加活動的店家之間應該要互相交換資訊。」

我把手伸向炸魚薯條的盤子，但炸魚已經被吃光了。不要只吃其中一種啊。我只好放棄，改拿剩下的薯條。

「我倒是沒有想過那麼嚴肅的事情……不過我今天的確有點想找個相關人士聊聊。畢竟才剛發生了那種事情嘛。」

舞香雖然沒參與發現妨礙事件後的討論，但她說從足伊豆那裡聽到了詳細情況。

「為了拿到冠軍，竟然有人會去妨礙其他店家，真是難以置信。真的有人會做到這種地步嗎？」

「我倒是不覺得意外。應該說我一直在警惕活動會發生什麼事。」

「為什麼？難道你知道些什麼？」

第五屆ＫＢＣ時發生的事件，雖然並沒有對外公布真相，但因為那是一場公開比賽，妨礙行為的消息已經在業界內傳開了。我簡單描述了事件當時的來龍去脈。

舞香好像對這些內容感到很震驚，她像是在咀嚼般地思考片刻後，露出憤恨不平的表情。

「你們應該要在活動開始前就跟大家說這些事啊！」

「在妨礙事件發生前，我無法確定石井先生是不是真的會採取行動。如果什麼事都沒發生，那我們就只是在散播石井先生的壞話而已，但這麼做有違我們的本意。」

「認真說起來，讓他參加活動本身就很有問題了。朝子她知道這些事嗎？」

「不，這我不清楚。我想她應該不知道吧。」

「至少應該告訴負責人吧。畢竟犯人鐵定是石井先生，你們保持沉默的話，就跟共犯沒兩樣了。」

我沒想到舞香會用如此嚴厲的說法，但我明白她的意思。話雖如此，我還是必須反駁她。

「我們在收到參加活動的邀請時，的確就已經對石井先生有所懷疑了，目前也認為他是主要嫌疑人之一。但是，如果因為這樣就說不該讓他參加活動，我覺得並不正確。」

「為什麼？他明明有前科耶？」

「有前科並不表示不能經營咖啡店，也不代表不能參加活動。」

「你會不會太天真啦？如果是運動界的話，他早就被永久禁賽了吧。」

「那種處分其實很少見吧。而且就算是曾被永久禁賽的選手，後來解除處分，重新復出的例子也不少。妳可以去查查看。」

「這樣啊……」

舞香一時語塞，伸手叉起一塊煙燻鯖魚。

「他大概不會再參加ＫＢＣ了，這是合理的處分。但是，我認為他也應該得到一個改過自新的機會。我覺得在沒有任何法律或規則依據的情況下，就這樣把他從業界踢出去是不對的。更何況，這次活動他是以ISI COFFEE的名義參加，而不是以個人的身分。」

舞香原本帶有挑釁意味的眼神稍微出現了變化。我繼續說道：

「人是會犯錯的生物。有時內心會失去平衡，鬼迷心竅，不小心越過不該碰的界線。當然了，這些行為應該受到適當的懲罰。法律和規則就是為此設立。如果完全堵住重新來過的道路，那反省也失去了意義，我不想看到這樣的社會。」

「哦！你的想法很溫柔呢。」

舞香用叉子的尖端指著我的臉。

「與其說溫柔……不如說我也會犯錯。就只是這樣而已。」

「我收回之前說不該讓石井先生參加的話。不過，關於妨礙事件的發生，我可不會說你們兩個塔列蘭的人毫無責任。因為如果石井先生真的是犯人，那主辦單位若可以事先加強對他的戒備，或許就能避免這件事發生。」

我對此沒有什麼好辯解的，只能拿起啤酒喝來掩飾心虛。

「我的看法是，只要犯人還想在不被懷疑的情況下贏得冠軍，那他就不太可能再去妨礙別人。不過，看來問題不只是這樣而已。」

「因為就算沒有對結果造成太大影響，也不能就這樣裝作妨礙行為沒發生過啊。」

「我明白了。我還是會和美星小姐商量一下，但我明天會向中田小姐報告石井先生的事。謝謝妳明確指出我們沒做好的地方。」

「我也要感謝你。如果你沒說出來，我可能也不會這麼想。」

我輕輕嘆了口氣，說道：

「該怎麼說呢，我覺得鬆了一口氣。」

「為什麼？」

「我沒想到舞香小姐妳是個這麼好溝通的人。」

「喂，你這句話就真的很沒禮貌了。」

我又點了一杯波本威士忌高球，舞香則點了一杯綠色蚱蜢調酒。喝完以後，我們在九點半左右離開了店裡。

不用說也知道，我沒有盡情暢飲是因為明天還有活動。還是不要喝太多酒，早點回家比較好。

然而，舞香一走出酒吧，就對我說了這種話。

「難得和你見面，我也想去塔列蘭店裡看看呢。」

「咦？現在嗎？」

「我喝一杯咖啡就離開了啦。好，出發吧！」

我不知道她這突如其來的言行是因為酒精的影響，還是她本來就這麼隨性。我把手放在快步走出去的舞香肩上，告訴她店是在反方向。

舞香一直用超大嗓門說話，在夜晚的寧靜住宅區顯得格外吵鬧。路過的行人感覺都在瞪我們。

我一邊努力讓她冷靜下來，一邊走了約七分鐘回到塔列蘭。當然了，店外的電子招牌已經關掉了，但舞香看到那個屋簷隧道時，還是十分驚訝。

「哇，還要穿過這種地方啊。真虧你們能經營得下去。」

「只有第一次穿越時需要勇氣。妳很快就會覺得這種異世界的氛圍反而很不錯。」

我們穿過隧道和庭院，用美星小姐給我的備份鑰匙打開店門。我一開燈，就看到查爾斯被嚇了一大跳。

「抱歉啦，查爾斯。」

「你們店裡還養了一隻貓啊！過來、過來……哇！」

舞香朝著查爾斯衝過去蹲下，但牠卻生氣地露齒威嚇。

「這孩子好像不喜歡我。」

「這還真稀奇。查爾斯平常不太會對客人這麼情緒化。」

「是不是因為你帶美星小姐以外的女人來，所以牠生氣了？」

「不會吧，怎麼可能……」

我繞到吧檯後面，開始用熱水壺煮水。同時我把不是明天要用的咖啡豆倒進磨豆機，開始研磨。

今天因為活動忙碌，除了必要的試喝外，我沒有喝到多少咖啡。所以我打算煮兩杯咖啡，一杯給我自己。我用的是平常開店時使用的法蘭絨濾布濾沖杯，而不是活動用的那個較大的，這樣就不會影響到明天的活動。

當我把咖啡壺裡濾沖好的咖啡倒入兩個杯子時，舞香坐在吧檯的椅子上，目不轉睛地盯著我的動作。被同行這麼近距離地看著，難免讓我感到緊張。我把杯子放上吧檯後，便在舞香左邊的椅子坐了下來。

舞香一把咖啡送入嘴裡，就驚訝地瞪大雙眼。

「真好喝。」

「那就好。」

「這說不定比我想像中的還要好喝，你真厲害。」

「我只是忠實遵循了美星小姐教我的方法而已。真正厲害的是美星小姐。」

如果我對美星小姐說同樣的話，她大概也會回答說自己只是遵循了大舅婆千惠女士教導的內容而已吧。

「我們店的咖啡其實也不差，我對它的美味有信心，不過這杯真的很好喝。」

明明咖啡應該還很燙，舞香卻一口接一口地全喝下肚。

「舞香小姐，妳真的很喜歡咖啡呢。」

「你以為像我這樣的人，根本不可能懂得欣賞咖啡的美味嗎？你真是太失禮了。」

「我才沒有那麼說。」

舞香大笑著說道：

「沒關係啦，你不需要顧慮我的想法。其實我會開始在現在的店工作，理由很單純，就只是因為離家近，還有店長看起來很隨性好相處之類的。但隨著從店長那裡學到的東西愈來愈多，我就深深迷上咖啡了。」

「我懂。我一開始是自學，後來也進入專業學校就讀，但懂得愈多，就愈喜歡它。」

「雖然大家都會喝咖啡，但大部分的人並不會深入了解它嘛。明明只要稍微懂一點相關知識，就能每天都喝到自己喜歡的咖啡，他們卻不想去了解，真是太可惜了。你不覺得很奇怪嗎？明明是自己喜歡的東西，卻什麼都不知道就喝下去。」

「我也有同感。就算只學了最基本的主流咖啡豆的產地特性、烘焙程度和沖煮方法的差異，也會讓喝咖啡的樂趣變得豐富許多。可是有很多人連怎麼區分咖啡歐蕾和拿鐵咖啡都不知道。」

「就連器具也是，就算只是買個磨豆機自己磨咖啡豆，好喝程度也會截然不同。不過，每個人都可以自由選擇要怎麼享受咖啡啦。」

不知不覺間，我和舞香的語氣都變得有些亢奮。談論自己喜歡的事物果然很愉快。雖然這好像是理所當然的事，但和自己擁有同樣熱情的聊天對象是可遇不可求的。我打從心底享受著與舞香的這段對話。

「舞香小姐，妳遇到了一位好店長呢。」

「是啊。雖然那個人很吊兒郎當，但他對咖啡的熱情是真的。這一點我很尊敬他。」

舞香說著這些話時，眼中流露出我從未見過的認真神情。

「大家發現妨礙行為的時候，雖然我不知道其他人是怎麼想的，但我完全相信我們店長絕對不是犯人。因為就算靠那種妨礙行為拿到了冠軍，我覺得他也一點都不開心。」

剛才舞香曾明確表示，她對足伊豆沒有任何戀愛感情。但是，不對，或許該說正是因為如此，我更能感受到她是真心仰慕著足伊豆。

「我也深信美星小姐絕對不是犯人。」

「是啊。唉……要是石井先生真的是犯人，事情就好解決了。」

「喂，妳這種說法——」

就在這個時候。

我一時之間無法理解發生了什麼事。唯一能勉強察覺到的，是那股再次撲鼻而來的花香。

我看向自己的右肩。

舞香的頭正靠在那上面。那股花香就是從她染成鮮豔金色的頭髮上散發出來的。

「……舞香小姐？」

我發現自己剛喝過咖啡的喉嚨突然變得十分乾渴。

舞香說話的聲音相當微弱，很難相信這是剛才還在住宅區大聲喧鬧的人。

「糟糕，我本來完全沒那個意思的，但現在覺得自己好像有點喜歡上你了。」

等一下、等一下。我的心跳突然加速。

「妳、妳怎麼突然說這種話？」

「該怎麼說呢，像是你會明確指出別人不對的地方，還會認真思考原諒他人的事，再加上你又很喜歡咖啡，這些都讓我開始覺得你根本是我的菜。畢竟我身旁也沒有其他男生能跟我聊這麼認真的話題。雖然這可能也跟我的外表和我刻意塑造的形象有關就是了。」

查爾斯喵了一聲。這是在抗議嗎？

「我原本還以為你是個更軟弱的男生呢。沒想到你其實滿有男子氣概的。」

「『男子氣概』這個用詞是不是有點過時了……」

「你不要開玩笑啦，我是很認真在說這些話耶。」

如果是這樣的話，隨便敷衍過去就太失禮了。我把手放在她的肩上，輕輕將她的頭移開，正視著她說：

「我今天也和妳聊得很開心喔。但我們才剛認識不久，如果太急著對自己的心意下定論，我覺得妳可能會後悔。」

舞香眨了兩、三次眼睛後，用手指梳理著頭髮，低聲說道：

「……抱歉，我好像有點喝醉了。我酒量其實不太好。」

這點從她剛才走來這裡的樣子就看得出來。或許是因為我選擇約在酒吧，她才勉強喝了那些酒。

「要喝點水嗎？」

「謝謝。對了，我身體有點熱，想脫掉裡面的襯衫。你能不能先迴避一下？」

這句話著實讓我內心嚇了一跳，不過她穿的是寬鬆厚重的針織衫，即便脫掉裡面的白襯衫，應該也不會太顯眼。如果我拒絕，可能反而會讓她誤以為我太過在意，這樣也不好。

我在舞香面前放了一杯水，然後走進準備室。因為我把手機忘在吧檯了，只能看著手表，等了五分鐘。但舞香什麼話都沒有說。

「……妳好了嗎？」

情況變得像在玩捉迷藏一樣。她仍然沒有回應。

又過了五分鐘，我開始感到不安。雖然我覺得不太可能，但萬一她突然失去意識之類的，那樣就糟了。

「妳好了嗎？好了吧？我要開門了喔？」

雖然知道這樣問沒什麼意義，但我還是說服自己至少先確認過了，並慢慢打開準備室的門。我從門縫偷看外面，確認沒有看到正在脫衣服的舞香後，才回到店內。

我再次環顧店內。

舞香已經不見蹤影。廁所沒有人，放在吧檯上的水杯也沒有喝過的痕跡。她掛在椅背上的那個鑲著星形鉚釘的肩背包也不見了。

「……她跑去哪裡了？」

我問了查爾斯，但牠當然無法回答我。

我靈機一動，拿起手機。果然，我的LINELINE收到了舞香傳來的訊息。

謝謝你的咖啡。明天見囉！

她應該是用手按著門鈴走出去的，所以我才沒有聽到聲音。

我懷著一頭霧水的心情，收拾用過的餐具放回原處，然後從外面鎖上店門，離開了塔列蘭。

第三章

祭典分崩離析

1

「……我昨天思考了一整晚。」

當我這麼說時，美星小姐一邊朝濾杯倒入熱水，一邊訝異地看向我。

「你思考了什麼呢？」

「關於ＫＢＣ的那件事，我想還是應該告訴中田小姐會比較好。」

第一屆京都咖啡祭的第二天也是好天氣。到了這個地步，真讓人不禁想相信晴天娃娃的功效。雖然時間還是早上，岡崎公園卻已經擠滿了比前一天還多的人潮，可能是有些人較晚才得知活動消息，也可能是因為今天是星期日，更多人有空前來。從京都咖啡商店街的舉辦情況，也可以看出這座城市對咖啡的熱愛程度。

我和美星小姐比第一天晚了一點，大約十點才進入會場，但我們根據前一天的經驗和反省，很有效率地完成了準備工作。由於已經不需要再和其他店家的人碰面認識，今天早上主辦單位也沒有要求我們集合。從人潮來看，今天的活動有可能一開始就會忙得不可開交，所以攤位的氣氛就像暴風雨前的寧靜一樣。

就在這個時候，我把昨晚舞香對我說的話告訴了美星小姐。當然了，因為我不能提到昨晚和舞香單獨見面的事，也不能說我帶她偷偷進入了塔列蘭，所以只好說這是我自己的想法。

「我知道我們沒有確切證據證明石井先生妨礙了其他店家。但是，我們從活動開始前就對他保持警戒，而妨礙事件也確實發生了。所以我們其實也有錯，明明預測到可能會發生事情，卻袖手旁觀。」

「是啊……如果石井先生不是犯人，我們並不需要感到自責。不過，我同意如果有更多相關人員在妨礙事件發生前就保持警戒，也許就能事先防止這件事發生。」

「認真說起來，這個活動打從一開始構思企畫時，石井先生就已經參與其中了，所以我認為應該要提早把我們掌握的資訊分享給中田小姐才對。雖然現在這麼做有點為時已晚，但我們還不能確定不會發生第二次、第三次妨礙事件。我想，提醒似乎過度信賴石井先生的中田小姐提高警覺，應該有助於防止妨礙事件再次發生。」

美星小姐在倒入濾杯的最後一滴熱水即將落進咖啡壺前，一邊拿起濾杯，一邊點了點頭。

「我明白了。那麼，可以請青山先生你負責轉告她嗎？因為我必須繼續沖煮咖啡。」

「沒問題，我知道了。」

我回答後，看了看隔壁的攤位。

不知道舞香是否聽到了我們的對話，她以極快的動作朝我眨了眨眼，幾乎沒有人注意到。

我離開塔列蘭的攤位，開始尋找中田。她正在南端的主辦單位本部攤位裡。

今天伊原和上原依舊穿著白色的工作人員夾克，在攤位裡忙碌地組裝隨行杯。看來第一天一開始的排隊情況讓他們印象深刻，長桌上排放的隨行杯數量遠遠超過昨天。正如中田所說的，今天的隨行杯是類似咖啡歐蕾的顏色。

「早安。」

我打了聲招呼後，中田便向我鞠躬致意。

「啊，是塔列蘭的人！今天也請多多指教！」

我就說了，這種稱呼方式會讓人以為我是伯爵……唉，算了。

「啊，對了，我忘記把今天的隨行杯分送到各個攤位了。你是來領隨行杯的吧？」

聽到這句話，上原急忙抱著滿手的隨行杯離開了攤位。應該是現在才要去分送吧。

「啊，不是的。我有點事想跟妳談談。」

「是什麼事呢？」

我感受到中田以外的目光，往她背後一看，發現伊原眼鏡下的眼睛閃著好奇的光芒，正豎起耳朵偷聽我們的對話。

雖然他和中田一樣是SakuraChill的員工，讓他聽到或許也無所謂。不過我還是決定把是否告知他們的判斷權交給活動負責人中田。

「呃……在這裡說不太方便，我們換個地方吧。」

我帶著中田移動到二條通的公車站旁。其實我本來想找一個更隱密的地方說話，但她現在很忙碌，不能耽誤她的工作太久。在這裡談的話，至少應該不會被活動的相關人士聽到。

「我要說的是關於石井先生的事……」

我簡略地對中田說明了我們與石井之間的恩怨。

中田大致聽完後，臉色蒼白地搖了搖頭。

「怎麼會……真是難以置信。我固定去ISI COFFEE消費已經一年半了，石井先生一直都對我很親切，也很認真看待咖啡……」

我注意到她放在胸前的雙手指尖逐漸失去了血色。

「中田小姐，妳原本就對咖啡很了解嗎？」

「不，完全不是。但我真的覺得石井先生煮的咖啡很好喝。」

「那應該是因為符合妳的口味吧。不過根據KBC的參賽者所言，他只是用表演掩飾技巧的不足。」

「這是不可能的。雖然石井先生的確給人有點噁心的印象——」

啊，原來她也覺得他很噁心啊。

「但他絕對是一流的咖啡師。否則我也不會定期拜訪他的店了。畢竟他給人的感覺那麼噁心。」

中田很努力地說服我。她是不是說得有點太過分了啊？我開始覺得石井很可憐了。

「嗯……姑且不論他的咖啡師技術，石井先生的確曾經惹出我剛才提到的那種問題。在這次的活動中，就算他真的打算為了奪冠妨礙其他店家，我和美星小姐也不會感到訝異。」

「但是，我在挑選邀請參加活動的店家時，石井先生給了我很多建議。如果有店家厲害到讓他覺得必須妨礙才能獲勝，他為什麼不一開始就排除那些店家呢？老實說，的確有幾間店是因為石井先生建議我不要邀請，我才沒有聯絡他們的。」

我一時語塞，無法反駁。

「……妳說的有道理。」

「我沒說錯對吧。我實在無法相信石井先生會做出那種破壞活動、讓我傷心難過的事。因為他真的對我非常好。」

我注視著中田，她就像土俵邊緣的相撲力士反敗為勝一樣，因為我的讓步而擺脫了劣勢。此時，我想起了昨天星後說的話。

——她從以前就是個任何事情都說到做到，努力實現自己目標的人，我一直很敬佩她。

在她外表看似天真單純的行為舉止背後，隱藏著堅韌不屈的意志和智慧。這就是她被任命為活動負責人的原因。我修正了自己對中田朝子這名女性的評價。

「我明白了。我會收回對石井先生的懷疑。我只告訴妳與他的過去有關的事實，至於該如何處理，還請妳自行判斷。」

「好的。我很感謝你願意為了活動成功而提供這些資訊。」

因為覺得並肩行走會很尷尬，我決定拋下低著頭的中田先行離開。但就在這時，我清楚地聽到了從她唇間溢出的嘆息。

「唉，怎麼會變成這樣呢？明明昨天早上我才認真許願過的——」

早上十一點整，第一屆京都咖啡祭的第二天正式開始了。

不出我所料，一開幕就有和前一天同樣，甚至更多的人潮湧入。每間咖啡店的攤位前都排了動輒超過十人的隊伍。

雖然早就有心理準備，我們並不會因忙碌而慌亂，但這不代表工作會變得比較輕鬆。我們收取代幣券和隨行杯，倒入咖啡，交給客人，然後又重複這個過程。漸漸地，我們的笑容也開始變得有些僵硬，幸好我們只提供一種飲品，所以還算能夠應付得過來。

即便是在這樣的高壓情況下，也有意想不到的喜悅。第二天活動開始約三十分鐘後，我在隊伍中看見了一張熟悉的臉孔。

「晶子小姐！」

站在攤位正前方的水山晶子向我遞出隨行杯和三百日圓的代幣券，有些尷尬地移開視線回道：

「……你好。」

身材高挑的她穿著黑色連身裙，仍舊對我毫無好臉色。我們第一次見面時，她還留著茶色長髮，但自從去年春天剪成短髮後，她好像非常喜歡這個髮型，所以至今仍保持著短髮。

任職於京都市內某企業的晶子，是美星小姐學生時代的好友，也是塔列蘭的常客。她總是用保護者般的目光看著過去經歷許多事情的美星小姐，所以目前好像還是不太信任我。她願意對我說「別叫我水山小姐」，要我以名字稱呼她，就已經算是關係有所進展了。

「小晶！妳來了啊，謝謝妳！」

美星小姐注意到我們的對話，停下手邊的工作走了過來。她似乎正好濾沖完一壺咖啡，手裡還握著保溫壺。

「抱歉，明明和妳在店裡喝的咖啡一樣，卻要妳特地來參加活動。」

「沒關係啦。反正我早上也沒事做。而且我也想喝喝看其他店的咖啡。」

「哦，難道妳中午有約會？」

「嗯，可以這麼說吧。」

「咦？晶子小姐有男朋友了嗎？」

我插嘴問道，晶子立刻露出像齜牙咧嘴的狗一般的表情反問我：

「不行嗎？我又不是在炫耀。」

「我不是這個意思……」

「好了，趕快幫我倒咖啡吧。後面的客人都在等我們。」

現在的確不是閒聊的時候。我打開隨行杯，發現裡面還有些水滴，應該是使用前曾用洗杯器清洗過。

「妳做事情還是一樣滴水不漏呢。」

我一邊倒入一百毫升的咖啡，蓋上蓋子遞給晶子，一邊說道。她可能把這當作某種諷刺，所以無視了我的話。

反而是美星小姐開口說道：

「抱歉，沒辦法好好和妳聊天。祝妳玩得開心。」

「嗯，美星，妳要加油喔。還有那邊的店員也是。」

那邊的店員……算了，至少她還願意鼓勵我。

晶子揮手告別後就離開了。由於攤位周圍擠滿了人，她似乎移動到了擺放著桌椅的垂枝櫻花樹那邊。我對下一位客人道歉說「抱歉讓您久等了」，繼續不停倒咖啡。很快地，保溫壺裡的咖啡就用完了，我快速用水沖洗保溫壺，放到後面的長桌上，然後拿起美星小姐剛才拿來的另一個保溫壺，繼續服務客人。

異狀是在大約十分鐘後發生的。

晶子單手拿著隨行杯，又走了回來。她看著依然很長的隊伍，臉上的表情十分陰鬱。如果咖啡特別好喝，可能會有人想要續杯。但是晶子是塔列蘭的常客，早就已經喝慣我們的咖啡了。她特地來參加這樣的活動，不太可能會找我們續杯。

晶子看起來想接近攤位，但似乎因為感覺到排隊人群的視線而猶豫不前。我趁著接待客人的空檔開口問道：

「晶子小姐，怎麼了嗎？」

晶子縮起身子，快步走到我面前。她的表情非常僵硬，顯然不只是因為對我感到尷尬。

「那個……這杯咖啡和你們平常準備的一樣對吧？」

「嗯，我們盡量讓它保持一樣的味道。」

「味道怪怪的，你喝喝看。」

我向排隊的客人說聲「請稍候片刻」，接過晶子的隨行杯。因為覺得自己喝不太恰當，我把杯子遞給了美星小姐。

美星小姐喝了一口，隨即皺起眉頭。

「……這是什麼？好苦。」

咖啡本來就有苦味，但她說的應該不是這個意思。

美星小姐打開了隨行杯的蓋子，檢查裡面的東西，然後遞給我看。從外表來看是普通的咖啡，氣味也沒有奇怪之處。

難道有人在咖啡裡下毒？當這個念頭閃過腦袋時，我的嘴唇已經碰到隨行杯的邊緣了。

這絕對不是美星小姐沖煮的咖啡裡那種理想的苦味。

有人在這杯咖啡裡加入了某種極度苦澀的東西——第二起妨礙事件的受害者，正是我們塔列蘭咖啡店。

2

中田和各店家的工作人員都來到塔列蘭攤位的後場區。

與上次的討論相比，參與者有了很大的變化。猴子咖啡店派了星後，Roc'k On 咖啡店派來的是青瓶，椿咖啡店則是舞香。應該是因為撇除足伊豆不談，上次討論時與石井鬧得劍拔弩張的森場和錦戶，都不想參加這次的討論吧。美星小姐也是首次出席，所以連續參加的只有石井、我、中田，以及來自太陽咖啡的堅藏。

「妳說咖啡很苦？那不就只是沖煮失敗了嗎？」

討論由堅藏這句語帶挑釁的話拉起序幕。

「不，我以咖啡師的尊嚴發誓，這絕對不是咖啡本身的苦味。有人在我們的咖啡裡加入了某種苦澀的東西。」

美星小姐堅決地說道。晶子的隨行杯仍舊原封不動地放在攤位後方的長桌上。大概是因為自己是受害者，對這件事也很在意，晶子一直站在離我們稍遠處，默默觀察著討論的進展。

「哼，既然妳說得這麼肯定，那我就喝一口看看吧……」

「請等一下。萬一這真的是某種毒物，那就糟了。」

「你們不是都已經喝過了嗎？但也沒有出事啊。」

「我們無法保證它不是緩效性的毒物。不過，我猜那應該是無害的物質，畢竟在飲料中下毒，肯定會被追究法律責任。」

「那個——」

這時，青瓶舉起了手。

「怎麼了，青瓶先生？」中田問道。

「好像有什麼東西掉在保冷箱後面。」

放在地上的保冷箱體積很大，從我們目前所在的後場和攤位內部看不到它的背面。位於附近的我走過去蹲下來查看，用戴著塑膠手套的手撿起掉在地上的白色噴霧瓶。

「寵物訓練用噴霧……？」

我念出瓶子標籤上的文字後，星後說道：

「這是一種用來戒除寵物亂咬東西習慣的苦味劑，會噴在不想讓牠們咬的物品上。我家以前養過狗，所以知道有這種產品。」

成分表上寫著「蘋果萃取苦味成分」。我隔著塑膠手套試著將噴霧噴在手背上，然後舔了一下。

「唔……好苦。」

美星小姐伸出手來，我便在她手上也噴了一些。她舔了一口後，皺起眉頭說道：

「沒錯，這和我剛才在咖啡裡嘗到的苦味一模一樣。」

在我們之前被波及的「事件」中，原本被認為混入的物質，最後證實只是個幌子。但這次不同，我們已經確定咖啡確實被混入這種苦味劑。

「既然是寵物可以舔的東西，應該沒有害處。太好了……」

我鬆了一口氣。否則晶子、美星小姐和我可能就要一起去醫院了。

「瓶子背面好像寫了什麼東西。」

石井指著瓶子說道，我把它轉過來，念出了用與上次相同的筆跡書寫的文字。

我毀了一壺咖啡。這樣你們店應該就得不到票了。

「原來是這樣啊……」

中田聽到了美星小姐的低語，立刻追問道：「妳指的是什麼？」

「我想，這並不是專門針對小晶……針對我的朋友下手的。畢竟只在一個人的咖啡中加入苦味劑，以妨礙行為來說太不痛不癢了，因為只能減少一票而已。」

的確，這麼做對投票結果的影響微乎其微，與實行妨礙所冒的風險完全不成比例。

「但是，如果是把苦味劑混進整壺咖啡裡，那所有喝到那壺咖啡的人，大概都不會投票給我們店了。因為不管怎麼想，這咖啡都不好喝。」

我們塔列蘭為了防止咖啡氧化，會一次在咖啡壺裡裝入十五杯分量的咖啡，所以最多可能會失去十五票。十五票的差距足以影響最終排名。

「但是，這樣不是很奇怪嗎？只有晶子小姐一個人來跟我們反應有問題耶。」

針對我的質疑，美星小姐也給了解釋。

「正是因為這樣，犯人才會選擇使用苦味劑。咖啡本來就是苦的，所以喝的人可能只會覺得不好喝，而不會懷疑有異物混入。這樣既不會引人注目，又能確實減少我們的票數。」

「所以晶子小姐是因為早就知道塔列蘭的咖啡味道，才碰巧察覺到裡面被混入了東西。」

我不禁佩服起犯人的手法。另一方面，石井則覺得有些地方說不通。

「如果客人什麼都沒說，我們可能連妨礙行為都不會發現。那犯人為什麼還要特意留下這個噴霧瓶和犯罪聲明呢？」

「大概是為了避免混入物被發現後引發騷動，有人跑去報警吧。如果是毒物，大家肯定會毫不猶豫地報警，但如果知道是對身體無害的成分，很多人應該就會猶豫是否要這麼做了。」

實際上，到目前為止，也的確還沒有人提議要報警。

「但只在一個保溫壺裡加入苦味劑，這點也讓我覺得不合理。既然都要妨礙了，乾脆一次加進所有保溫壺裡，這樣影響不是更大嗎？」

石井指著桌上並排的四個保溫壺繼續說道。這次是我回答了他。

「應該只是沒有機會而已吧。不只是我們，每間店的工作人員都一直守在攤位裡，要對保溫壺動手腳沒那麼簡單。」

基於活動的性質，這次每個攤位都使用了和塔列蘭類似的保溫壺。就連使用法式濾壓壺的Roc'k On咖啡店，以及使用虹吸壺的ISI COFFEE，好像也都會先將咖啡倒入保溫壺。要避開工作人員的視線，偷偷在有蓋子的保溫壺中混入噴霧瓶內容物並不容易，更何況是同時加入多個保溫壺中，實行難度應該和一個保溫壺差很多。

然而，就在這時，美星小姐突然說出了令人意想不到的話。

「……犯人不可能在我們的保溫壺裡混入苦味劑。」

「這是什麼意思？」石井疑惑地歪了歪頭。

「我今天早上抵達會場後，就一直待在這個攤位裡。為了防止昨天的妨礙行為再次發生，我一直保持警戒。所以無論犯人是誰，他們應該都不可能有機會碰到保溫壺。」

「但是實際上，保溫壺裡的確混入了苦味劑吧？你們沒有檢查過保溫壺的內容物嗎？」

「我們攤位從早上就開始有人排隊，裝滿十五杯咖啡的保溫壺很快就空了。每次用完後，青山先生都會用水簡單沖洗一下，然後把保溫壺遞給我，所以當發現混入問題時，我們倒給小晶的那批咖啡已經沒有了。」

我點了點頭，表示沒有異議。

「你們有沒有想過，那個所謂的朋友可能是你們的共犯？要是假裝成受害者，你們就可以妨礙其他店又不會被懷疑了。」

堅藏說出了十分荒謬的推測。

「如果我是犯人，我就不會宣稱自己一直盯著保溫壺。畢竟目前在這個會場裡，唯一有機會碰到保溫壺的人只有我。」

美星小姐說得沒錯。如果是我們店自導自演，肯定會說任何人都有可能在咖啡裡混入東西。而且更進一步地說，我們不會去清洗可能成為證據的保溫壺，也沒必要把晶子牽扯進來。只要說因為客人反應很糟糕，所以自己品嘗後發現異常就行了。

「但如果是這樣的話，犯人到底是怎麼把噴霧的內容物混入保溫壺的？」

就在石井一臉困惑之際，我注意到身旁有個人臉色蒼白。

是舌瀨舞香。

當我正在疑惑她怎麼了時，突然察覺到一件事。

這是有可能做到的——只有她可以。

因為昨晚她曾進入塔列蘭店內。

我們塔列蘭的員工昨晚已經把保溫壺洗乾淨了，所以今天活動開始前並未再洗一次。如果犯人昨晚就在保溫壺裡噴了苦味劑，這樣妨礙行為就已經完成了。洗過的保溫壺照理說是倒放晾乾的，但是就算我和美星小姐今天早上看到它們被正放並蓋上蓋子，大概也只會以為是其他員工做的。

昨晚我依照舞香的要求，曾一度進入塔列蘭的準備室。在那個時候，舞香的確有機會朝保溫壺內部噴苦味劑。我並不記得在她離開後，保溫壺的蓋子是否有蓋上。

不過，如果舞香真的是犯人的話，她為什麼要在昨晚就利用塔列蘭的保溫壺來妨礙我們呢？

這一點其實並不是什麼大問題。有鑑於昨天的妨礙行為使許多工作人員提高警覺，如果想再次妨礙其他店家，當然是有機會動手時就盡快動手最好。她昨晚就已經做了手腳，然後在這裡丟下噴霧瓶，讓人以為這是在活動會場發生的事。這麼一想，她突然邀我吃飯，又堅持要去塔列蘭，甚至說要脫掉襯衫來支開我，這些不自然的行為就都說得通了。

美星小姐作證說她一直盯著保溫壺只是巧合，犯人不可能預料到這件事。她大可以對所有保溫壺下手，但只選了一個，大概是因為如果全部都動手腳的話，被發現是前晚犯案的風險會更高。而且塔列蘭昨天的排名就已經在椿咖啡店前面，是值得妨礙的對象——所有的細節都很合理。

情況不妙了。我感覺到自己的表情變得扭曲。

我該揭發舞香，說她是除了塔列蘭的員工以外，唯一有機會混入苦味劑的嫌疑人嗎？但是這麼做的話，我在塔列蘭打烊後帶女性進店的事實當然也會曝光。雖然我並沒有做什麼違背良心的事，但是美星小姐肯定會不高興。在塔列蘭，我這個新人能拿到備用鑰匙，全是因為他們很信任我。而我昨晚的行為毫無疑問地背叛了他們的信任。

那麼，我該保持沉默嗎？不，如果舞香真的是犯人，那我等於明知真相卻放任擾亂活動的犯人逍遙法外。不僅如此，要是舞香承認了罪行，包庇她的我恐怕也會遭受嚴厲的指責。

果然還是只能實話實說了——就在我下定決心的時候。

「我知道犯人是誰。」

青瓶這句令人震驚的話在現場掀起一陣騷動。

「你這是什麼意思？」中田追問道。

「其實，我有件事必須告訴大家。這也是今天不是店長，而是我來參加這場討論的原因。」

「你必須告訴大家的事是什麼？」

「我不小心看到了——」

他看向我的雙眼簡直就像梅杜莎的目光，足以將人石化。

「我昨晚看到那兩個人走進了塔列蘭。」

所謂的血色盡失就是這麼一回事。我震驚到腦海一片空白。

這真是太難以置信了。那一幕竟然被人看到了？

「昨天活動結束後，我想既然都來了，就去了會場附近一間有名的酒吧，結果看到那兩個人也來了。我坐在吧檯的另一邊，所以他們好像沒有注意到我。因為我很好奇，就跟了上去，看見他們兩人親密地穿過平房之間的小巷，然後就消失了。後來我查了一下，發現那裡就是塔列蘭的店面所在地。」

「他說的是真的嗎，青山先生？」

美星小姐看向我的表情，是我認識她以來最冷酷的。

我放棄掙扎，老實回答：

「……是的。我和舞香小姐去吃飯，之後她說想喝喝看塔列蘭的咖啡，所以我就帶她去了。」

「真的假的啊？這傢伙也未免太誇張了。」

石井不知為何看起來很高興。

「為什麼你要隱瞞這件事？」

「難道員工下班後的行動也必須全部向店長報告嗎？」

「我不是這個意思。你應該很清楚，舞香小姐是有機會把噴霧劑的內容物放進保溫壺裡的吧？」

「我也是剛剛才想到這件事。畢竟我沒有美星小姐那麼聰明，這也沒辦法吧。我正要說出來時，就被人搶先了。」

「這聽起來就像在找藉口。」

堅藏搖搖頭。

「好了、好了，這個人只是被利用了而已。被犯人舞香小姐利用，對吧？」

聽到青瓶的提醒，所有人的目光都集中在舞香身上。

「等一下，我根本沒做過這種事。」

舞香揮手否認道：

「我的確和他去吃飯了，也進了塔列蘭。我承認是我主動邀他的，但我絕對沒有碰過保溫壺。」

「妳能證明嗎？難道妳一直和他在一起，完全沒有機會碰到保溫壺？」

石井看起來好像急著下結論。

「不……因為舞香小姐的要求，我離開了座位大約十分鐘。她好像在那段時間裡離開了店裡。所以我無法證明她的清白。」

「怎麼會……」

舞香用求助的眼神看著我，我卻忍不住別過臉。我並不是在陷害她。我只是在陳述事實而已。

「昨天討論時不是說犯人在西側攤位嗎？我一直在東側的攤位喔。」

美星小姐毫不留情地反駁了舞香的辯解。

「關於這件事，我們得出的結論是，犯人可以在開幕前事先在表面疊上幾張完整的濾紙，來掩飾妨礙行為。」

「我昨天在活動結束後，是直接從會場去酒吧的。我不可能隨身攜帶那個噴霧劑啊。」

「如果這是個有預謀的犯行，就算事先準備好妨礙用的工具也不是什麼奇怪的事。除非妳能證明當時攜帶的東西或服裝無法藏匿噴霧劑，否則這個說法是站不住腳的。」

「舞香小姐帶了一個肩背包。我想那種大小的噴霧劑應該放得進去。」

我一邊回想包包上那些星形鉚釘的樣子，一邊作證。

「怎麼樣？妳還有其他要反駁的嗎？」

石井臉上掛著看似親切的笑容，卻讓人不寒而慄。他看到舞香沉默低頭，便拍著手宣布道：

「好！犯人就是這個女人了！既然如此，朝子，椿咖啡店應該要被取消資格吧？」

「呃……但是本人並沒有承認……而且我們已經以最少展店量來舉辦活動了，實在沒辦法再減少店家……」

中田看起來很不知所措。

「妳不能這麼心軟啊，朝子。妳是負責人吧？如果不嚴厲處置違反規則的店家，同樣的事情會一再發生的。」

「就跟ＫＢＣ一樣，對吧。」

美星小姐低聲這麼說，石井頓時僵住了。舞香的臉漲得通紅，堅藏則怒瞪著她，彷彿像在看殺父仇人，而星後則是一直很慌亂不安。

讓這場快要失控的討論平息下來的，是一個從意想不到的方向傳來的聲音。

「我完全不介意喔，就取消資格吧。」

這是仍在隔壁攤位繼續營業的椿咖啡店店長足伊豆所說的話。以這個距離來看，他應該聽見了我們討論的所有內容。

「你是認真的嗎？足伊豆先生。」中田一臉擔憂地問道。

「反正我打從一開始就對冠軍不感興趣。如果能稍微多一些客人就好了，我來參加的理由就只是這樣。」

「還有……」足伊豆一邊說著，一邊將目光轉向舞香。

「如果你們看過她平常的樣子，絕對不會懷疑她。她不是那種會為了拿冠軍去妨礙別人的熱血傢伙。如果我們店被取消資格能讓大家滿意，那就這麼做吧。拜託你們，不要再責怪舞香了。」

「店長……」

舞香大概一直在忍耐吧，淚水終於從她的雙眼奪眶而出。

確認沒有人提出異議後，中田垂頭喪氣地宣布道：

「我明白了。雖然缺乏證據，這只能當作暫時的處置，但我們會視椿咖啡店為失去資格，所有投給椿咖啡店的票都會作廢。不過，為了增加營收，還請你們繼續營業。因為我希望這場活動最後能成功結束。」

就算發生了這麼多事，中田還是執著於「成功」這個詞，這樣的態度讓人覺得有些空虛。當大家以為討論就此結束時，卻有另一枚大炸彈突然在最後往我投下。

「青山先生。」

美星小姐以正式的語氣這麼說。大家也都注視著她。

「有什麼事嗎？」

「你或許只是被犯人利用了。但你的行為確實損害了身為店長的我和老闆對你的信任。我給你備用鑰匙並不是為了讓你做這種事。」

「……我知道。」

「請你離開塔列蘭。」

我一下子反應不過來，無法理解她說的話。

要我離開塔列蘭？

我在藻川先生生病時自願提供協助，甚至因此辭去在Roc'k On咖啡店工作五年的職位，盡心盡力地讓店鋪經營下去，現在卻要我離開？

「沒必要做到這樣吧……都是因為我，真的很抱歉。」

「外人請不要插嘴。」

美星小姐毫不留情地回絕了試圖打圓場的舞香。

「青山先生你在我們店最困難的時期幫了很多忙，我衷心感謝你。多虧了你，叔叔的身體狀況現在已經改善許多，排班的頻率也恢復到和以往一樣了。」

「所以……妳現在不需要幫忙了，就要丟掉我嗎？」

「如果不是因為發生這樣的事，我本來是不打算請你辭職的，但現在只能這麼做了。今天接下來的活動，我會叫叔叔過來幫忙。我原本覺得整整兩天站著工作對他來說會太吃力，但是今天天氣不錯，只是工作半天應該沒問題。這樣可以吧，中田小姐？」

「呃……是的。只要不超過兩人，我們允許更換工作人員。」

「那就這樣吧。青山先生，這段時間辛苦你了。」

我有無數的話想說。但是從另一方面來看，或許在內心深處，我早已做好了總有一天會面臨這種情況的心理準備。

我只在那裡工作了半年。只不過是回到以前那樣，當個普通的客人而已。雖然我覺得自己應該無法像以前那樣繼續光顧了。

「……我明白了。感謝你們這段時間的照顧。」

每個人都帶著些許關切的眼神，陸續回到各自的攤位。晶子從中田手上拿到新的隨行杯後，也像是在逃跑般迅速排進了其他店家攤位的隊伍。

3

「……我真的無法原諒。」

當我正在尚未重新營業的塔列蘭攤位裡整理肩背包，準備收好自己的物品後離開時，背對著我磨咖啡豆的美星小姐如此低聲說道。

「妳是指我帶女性進塔列蘭店內這件事嗎？我不知道妳會不會相信，但我真的什麼不該做的事都沒做。」

面對我死皮賴臉的辯解，美星小姐毫不在意地說道：

「我想也是。你花了那麼多時間才讓我們的感情有所進展，我不覺得你能在認識那位女性的當天就發展出什麼深厚的關係。」

我的心情瞬間一沉，無奈地解釋道：

「那是因為我知道美星小姐過去經歷了很多事，所以才會比較謹慎……」

「哎呀，那真是抱歉呢，因為我的關係給你添了麻煩。我還以為你只是沒骨氣而已。」

美星小姐的挖苦實在太過分了。我差點想反駁說「認真講起來，這一切不都是因為妳嗎？」，但我已經沒有力氣再爭論了。

「我所謂的無法原諒，並不是指青山先生。」

美星小姐轉過身面對我，臉上不再帶著剛才討論時那種嚴肅的表情。

「雖然我對你使用店內空間這件事感到不愉快，但我相信你們兩人的確什麼事都沒有發生，而且我自己也曾經在營業時間外帶朋友進店裡，所以我並不打算責怪你。」

「這樣啊……」我困惑地說道。

「我實在無法原諒的，是那個在我們的咖啡裡混入苦味劑，毀了我們的心血，並讓特地來光顧的客人感到不愉快的犯人。」

「這點我可以理解……」

「所以，我想要查出來。查出在這次活動中多次妨礙大家的真正犯人。如果犯人是舞香小姐，我想找出她無法辯解的確切證據；如果她是被冤枉的，我也要揭發真正的犯人。這同時也是我們為了承擔責任而必須面對的戰鬥──因為我們在KBC時明明知道石井先生他們的不當行為，卻選擇隱瞞，結果讓大家放鬆警戒，才導致了這次的妨礙事件。」

就在這時，美星小姐話鋒一轉，一邊將磨好的咖啡豆倒進濾布裡，一邊繼續說道：

「我必須繼續顧攤，沒辦法離開這裡。更沒有時間去和其他店的員工或中田小姐他們交談。所以，現在就是青山先生你該出馬的時候了。」

我漸漸明白她的意思了，便說道：

「也就是說，妳要我去打聽線索？」

「青山先生你在所有相關人士面前那麼明確地被宣告開除，任何人都能理解你無法待在塔列蘭攤位附近的感受吧。但你在這個活動已經參與了這麼多事情，現在也不可能突然離開，所以你會在會場裡四處走動，和相關人士聊聊，並等待最終結果。因此青山先生你是最適合做這件事的人。」

「我明白了，請交給我吧。我一定會收集到足夠的線索來找出犯人。」

「我很期待你的表現喔。」

看到美星小姐露出微笑，我終於鬆了一口氣。

「什麼嘛，我還以為我真的被開除了呢。哎呀，太好了、太好了。」

「你在說什麼啊？開除就是開除啊。」

美星小姐臉上依然掛著微笑。

「少來了！這只是做給大家看的吧？我知道的。」

「不，是真的開除。」

…………

「呃，我可以再確認一次嗎？我真的被開除了？」

「你要再確認幾次都沒問題。是的，你被開除了。」

「是真的開除？」

「是的，就是開除。」

「為什麼？妳不是說不打算責怪我嗎？」

「我指的只有讓外人進入店裡這件事。但是，無論舞香小姐是不是犯人，這件事的確為活動相關人事帶來混亂。明明已經發生那種妨礙行為了，你卻還是這麼做，難道不會覺得自己太輕率嗎？你必須承擔起這項責任。」

「……我完全無法反駁妳。」

我看著仍舊面帶微笑的美星小姐，察覺到一件事。

——這個人講了一堆有的沒的，結果還是對我做的事非常生氣啊。

真是的，這種類型的人一旦生氣起來最難應付了。明明只要簡單說一句「我很火大」就好，卻偏偏要用一堆理論武裝自己，正當化自己的立場，同時執著於如何造成對方最大傷害……不過話說回來，這件事我的確有錯啦。

這樣啊。我真的被開除了啊。

唉，這也是我自作自受，沒辦法。我得找新的工作了。

……我才沒有哭呢。

就在這時，藻川先生從南邊悠哉地走了過來，大概是被美星小姐叫來的。他脖子上掛著通行證卡套，似乎已經和中田碰過面了。因為我的通行證還沒歸還，看來他們有準備多的備用。

「你們突然叫我來幫忙，到底是怎麼回事……你為什麼在哭呀？」

「我才沒有哭呢！接下來就拜託你了！」

我惱羞成怒地反駁後，便重重踩著地面，帶著隨之晃動的肩背包離開了塔列蘭的攤位。

「對不起啊……沒想到我會害你被開除……」

舞香的眉毛垂成八字型，看起來是真的很沮喪。

和昨天一樣，過了正午後，客人就沒那麼多了。在塔列蘭攤位旁的椿咖啡店攤位裡，足伊豆正用濾紙沖煮咖啡，而舞香則負責把咖啡從咖啡壺倒進客人的隨行杯。所以我便趁著她工作的空檔向她搭話了。

「關於這件事，妳不用放在心上啦。是我自己決定接受妳的邀請。但如果舞香小姐妳真的是犯人，那就另當別論了。」

「我就說不是我了。你也在懷疑我嗎？」

「如果只憑主觀判斷的話，我的答案是不。」

我可以毫不猶豫地這麼斷言。

「雖然只相處了一個晚上，但就像足伊豆先生說的，我實在無法把妳和那種為了成為冠軍不惜妨礙他人的犯人形象聯想在一起。如果這一切都是妳演出來的，那妳可以去當演員了。」

「呵呵……嗯，是啊。畢竟我長得也滿可愛的嘛。」

看到她露出笑容，我鬆了一口氣。

「不過，舞香小姐妳仍舊是最大嫌疑人，因為妳的確可以做出這件事。目前並沒有能證明妳清白的方法對吧？」

「很可惜地，的確是這樣。我甚至希望你當時有偷看我脫襯衫，這樣就能幫我作證了。」

「我、我才不會做那種事。而且妳根本就沒有真的脫吧。」

看到我急著否認的樣子，舞香露出得意的笑容。她似乎已漸漸調適好心情了。

「我想像了一下如果今天早上美星沒有守著保溫壺，任何人都有機會混入苦味劑的話，會是怎樣的情況。但就算是那樣，至少我昨晚進入塔列蘭，有機會把苦味劑放進壺裡的這件事，你還是知道的。當然了，我覺得你應該不會隨便說出去，但既然受害的是你們的店，你出面作證的可能性還是很高。所以現在這個局面其實是無法避免的。」

她以出乎意料的理性態度說出自己的分析，我也認真思考她的話。

「如果我是犯人的話，你覺得我會做這麼冒險的事嗎？我特地邀請你，要你帶我進入店面，還把你支開到準備室。我費了這麼多工夫，好不容易在保溫壺裡放入苦味劑，可是一旦被發現，第一個會被懷疑的就是我耶。既然如此，那我至少也該保持沉默，卻反而特意留下一個寫著犯行聲明的噴霧瓶來引人注意，這不是很奇怪嗎？」

「我覺得妳說的很有道理。」

「對吧？如果能在大家面前把這些話說清楚，或許他們就會知道我不是犯人了……」

「但是，如果有人懷疑妳打從一開始就想這麼說來欺騙大家，那妳還是沒辦法反駁吧？」

舞香聽到我的話，便像是真的嘗到苦味劑一樣，吐了吐舌頭說：

「會這樣想的人未免也太愛鑽牛角尖了吧。」

「從這兩天的討論中，妳應該看得出來，至少美星小姐是不會輕易放過任何破綻，石井先生也很能言善辯。如果要讓他們相信妳的清白，唯一的辦法就是拿出不動如山的證據。那項證據必須要能證明妳不是犯人，或是證明犯人只有可能是妳以外的某個人。」

「這我絕對辦不到，因為我很笨。」

雖然我認為她絕對不笨，但我還是說道：

「美星小姐和我都希望找出犯人，畢竟我們是受害者。如果舞香小姐妳真的不是犯人，請告訴我們妳所知道或發現的任何事情。這麼做也是為了洗清妳的嫌疑。」

「我知道了。謝謝你願意相信我。」

其實她不需要感謝我。我們只是想揭開真相而已。

「那麼……從位於隔壁的你們攤位的角度來看，妳有沒有注意到什麼異狀？像是有人碰過我們的保溫壺之類的。」

不過，如果真的發生過這種事，他們應該早就報告了。舞香和足伊豆異口同聲地回答我：

「我什麼都沒看到耶。」

「我也沒注意到。光招呼我們自己攤位的客人，就已經忙得不可開交了，根本沒有餘力去注意其他攤位。」

以上便是他們的說法。

「那噴霧瓶呢？你們知道它是什麼時候出現在那裡的嗎？」

噴霧瓶是在保冷箱的後面，在靠近椿咖啡店攤位的地方被發現。然而，對於這個問題，兩人都搖搖頭。

「我不知道耶。」

「舉例來說，它是不是在活動開始前的準備階段就已經在那裡……」

「我沒印象，而且就算看到了，可能也不會特別注意，所以也無法保證它當時不在那裡。」

連隔壁攤位都是這種情況，前途堪憂啊。我們真的能找出犯人嗎？

最後我像例行公事般地問了他們一件事：

「你們覺得誰最可疑？」

這時足伊豆剛好沖煮完一壺咖啡，他一邊拿起與太陽咖啡同款的HARIO V六〇濾杯，一邊說道：

「我猜是猴子咖啡店吧。我們這些排在第四名以後的，連自己的名次都不知道，去妨礙別人也是徒勞無功。倒是排名第二的猴子咖啡店，如果能拉開和塔列蘭的距離，就可以和Roc'k On咖啡店一對一單挑了。」

我心想這說法確實有點道理，離開了椿咖啡店的攤位。

4

「你好啊！塔列蘭咖啡店的店員小弟。啊，不對，現在應該是『前』店員了吧？抱歉、抱歉。你找我有事嗎？」

我深刻體認到這傢伙是個挖苦人的天才了。

這裡是ISI COFFEE的後場區。石井雙手放在身後，滿臉笑容地迎接我。他好像把接待客人的工作交給冴子，自己則專心用虹吸壺沖煮咖啡。

「你的態度和昨天差很多呢。」

「因為啊，你這傢伙明明有美星了，昨天居然還和一個剛認識的女生單獨待在一起打情罵俏嘛。而且還偏偏是在美星的店裡！」

接著，石井突然瞇起眼睛，把臉靠近到我幾乎能感受到他呼吸的距離，對我說道：

「同樣身為男人，我當然只有一種反應——輕、蔑。」

這腐爛的臭香菇……我差點就要脫口說出這十年來最難聽的話了，但因為自己有錯在先，只好勉強忍住。

石井若無其事地繼續說道：

「不過呢，我也很感謝你。」

「感謝？」

「因為多虧了你那像伏見水源般源源不絕的色心，以及那女人愚蠢的行為，我們才能確定犯人是誰啊。這樣一來，我們就能毫無顧慮地專注於接下來的活動了。」

「所以石井先生你真的認為舞香小姐是犯人嗎？」

「那是當然的吧。除了你們這些員工之外，能在塔列蘭的保溫壺裡加入苦味劑的就只有那個女人了。」

雖然很不甘心，但石井說得沒錯。而且，如果舞香不是犯人，那她邀請我的行為就純屬巧合，對犯人來說也無法利用——

等一下，真的是這樣嗎？

有人目擊到我們進入塔列蘭。就是那個叫青瓶的青年。

他有可能陷害我們嗎？我並沒有看到舞香離開塔列蘭。也就是說，在我待在準備室的那段時間，塔列蘭的店面自舞香離開後就變成了無人之地。當然了，那時入口的門並沒有上鎖。所以應該正在附近的青瓶也有機會混入苦味劑。

如果青瓶是犯人，他應該會認為說出自己人在附近，以便栽贓舞香的好處，大於被懷疑的風險。這樣的推論並不矛盾。所以他是犯人的嫌疑也很大。

連我正在整理思緒的時候，石井也喋喋不休地說個沒完。

「我真的是被騙慘了。老實說，昨天我根本沒懷疑過那個女人可能是犯人，只覺得她好像是個頭腦簡單的辣妹而已。結果啊，她居然鎖定一個容易上鉤的男人，用美人計找機會在咖啡裡下苦味劑，想靠這招把其他店家踢出局，自己拿冠軍，真是嚇了我一大跳。如果沒有青瓶，大家可能都被她騙了吧？連我也說了『犯人就在西側攤位！』，差點就變成在幫她掩護了。」

「我還以為那個假推理其實也是石井先生你的策略。」

石井愣住了。「啥？」

「我以為石井先生你想妨礙其他店家奪冠，同時也想利用確定更換濾紙的時機來撇清自己的嫌疑。你安排美星小姐參加活動，讓她扮演偵探角色，但因為她沒來參加討論，你只好自己上場表演那個假推理。」

「……美星也是這麼想的？」

「是的，她還說我的想法很精闢呢。」

石井深深嘆了一口氣。

「我說你啊，因為這次的活動，我幫朝子出了很多主意耶。如果我想當冠軍，怎麼可能會推薦那些我贏不了的店來參加呢？」

「中田小姐也是這麼說的。」

「對吧？看來你們真的是一點都不信任我呢。」

「這是你自作自受吧？」

「美星就算了，現在的你最沒有資格對我說這句話。」

他用食指指著我的鼻尖這麼說，我只好閉上嘴巴。

「總而言之，我不是犯人。再說了，美星在ＫＢＣ時就展現出那麼聰慧的頭腦，我才不想利用她來做什麼假推理呢。那根本是自取滅亡嘛。」

「那你為什麼要推薦塔列蘭來參加活動呢？」

我本來只是隨口問問，但他的反應卻相當大。

「呃，那個，這個嘛，該怎麼說呢……」

我覺得在不遠的將來，當人們在字典查詢「結結巴巴」這個詞彙時，他今天的反應一定會被當作例子列出來。

「我不覺得這問題有多難啊。美星小姐只在實驗中讓你試喝了一點點，你就說喜歡她沖煮的咖啡，這根本就是在說謊吧？」

「不……不管我用什麼理由都無所謂吧！」

石井大聲喊道。真是可疑。

在沉默片刻後，石井沮喪地垂下頭說：

「好吧，我說實話。我已經沒有其他選擇了。」

「沒有其他選擇？」

「其實ＫＢＣ那件事已經在業界傳開了，坦白說，我現在的名聲不太好聽。朝子好像還不知道，但光是看到有我們店參與，就有店家拒絕參加這次活動了。」

嗯，這算是很正常的反應。美星小姐說要參加活動來監視石井，反而才是特例。

「我覺得最有希望的冴子，也說可以幫忙，但不想擺攤參展。ＫＢＣ的其他參賽者則根本不理我。但我已經在朝子面前誇下海口說讓我來選店，所以到頭來只能拜託塔列蘭了。畢竟跟其他店比起來，塔列蘭跟ＫＢＣ的關聯並沒有那麼深。」

在參加第五屆ＫＢＣ決賽中的六位咖啡師裡，包括石井和冴子在內，有四人曾參加過決賽兩次以上，還有一人雖是第一次參賽，但其哥哥曾參加過以前的比賽。在這群人中，美星小姐與比賽的關係的確是最淺的，而且她也沒有被妨礙，可以說她缺乏怨恨石井的動機。

這些話或許也是石井在胡言亂語，但說法本身是合理的。而且，正在我面前沖煮咖啡的他，似乎覺得說出這些話很丟臉，連耳根都紅透了。如果這是演戲，那他的演技應該十分厲害吧。

「好吧，我願意相信你。我和美星小姐希望像兩年前一樣找出犯人。如果石井先生你不是犯人的話，請協助我們。」

「我不是說了嗎？犯人就是那個辣妹，肯定是她。」

他這麼說倒是省去了我問他懷疑誰的工夫。當我正準備移動到西側攤位時，有人叫住了我。

「我說你啊……」

「冴子小姐，妳有什麼事嗎？」

冴子一邊把咖啡倒入客人的隨行杯，一邊對著我說道：

「聽說你這次又在袒護女生了？」

第五屆KBC時也發生過類似的事。當時的對象是冴子。

「我沒有袒護她……只是還沒開口就被搶先而已。」

「你想當濫好人也該適可而止一點。不喜歡的事就要明確表達出來。你都幾歲了，還老是做這種毫無原則的自我犧牲，有什麼意義？」

她這番話讓我心頭一驚。這個人是不是知道些什麼？但我很快就想到，她指的是我被開除的事。

「嗯，我也覺得自己很沒出息。」

「我最討厭被人牽著鼻子走了。所以看到像你這樣的人……不，應該說是看到那些隨意擺布你這種人的傢伙，就會覺得很火大。」

但兩年前她自己也曾是那個把周圍的人耍得團團轉的人。

「所以啊，你如果遇到困難就跟我說吧。雖然不確定我們店能不能僱用你，但我想至少可以幫你介紹工作。」

冴子說完就回去接待客人了。彷彿我已經不存在於她的視野中。

我一邊離開 ISI COFFEE 的攤位，一邊心想。

冴子她自己在這兩年間，應該也是反思了許多事情吧。

對冴子來說，她可能是基於某種想贖罪的心情才會對我說這些話。不過，我還是希望能把拜託她這件事當成最後手段。

所以我繞到 Roc'k On 咖啡店攤位的後場區，向我以前的雇主低頭請求。

「請你再次僱用我吧！」

「你在開什麼玩笑啊？」

森場一臉無奈。因為他們使用法式濾壓壺沖煮，步驟比其他沖煮方式少，所以看起來相對從容。

「當初你說想獨立開店，所以我才會僱用你，結果你被女人迷得神魂顛倒，辭了店裡的工作，現在被開除了才想回來？你難道沒有半點自尊心嗎？」

「哎呀，我也沒想到會變成這樣啊……」

「不行、不行。我才不會僱用你。我們已經找了新人進來，目前人手已經很夠了。」

「就算那個新人是一連串妨礙事件的犯人，也不行嗎？」

森場的臉色變了。「你說什麼?」

我把剛才和石井談話時想到「青瓶是犯人」的推測告訴了他。當事人青瓶此時正忙著接待客人,看起來完全沒有在聽我們說話。

「他說自己只是碰巧也待在酒吧,所以就跟蹤了我,但這個說法本身就很可疑。還不如說他一開始就打算讓前幾名的店家陷入麻煩,才刻意跟蹤我,這樣更合理。」

「嗯……可是事情真的會那麼順利嗎?如果舌瀨舞香不是犯人,那塔列蘭的店面變成無人狀態就只是個巧合了吧。青瓶無法事先預料到會發生這種事。」

「他一直在暗中觀察,當舞香小姐離開店裡的那一刻,這個千載難逢的機會就出現了。與其質疑事情是否會這麼順利,不如說只是結果正好演變成這樣。」

「但是我昨天也說了,我們店經營得十分順利,根本沒有必要妨礙其他店家。而且昨天的投票我們還拿了第一名,所以更沒有理由了。」

「他跟我一樣,也是因為崇拜森場先生才進入Roc'k On咖啡店工作吧?這樣的話,他可能會覺得師父絕對不能輸給任何人,尤其是有前員工的店家——所以自己也想為此盡一份心力。我完全能理解這種心情。畢竟我也是森場先生的忠實信徒。」

其實我並沒有那麼盲目崇拜森場,但說謊有時也是一種權宜之計。

「但我不覺得那傢伙是那樣的人啊。」

「至少我們可以確定，他是那種會在酒吧裡偷偷跟蹤我們的人吧。雖然我沒有和他共事過，所以不太清楚，但他進入Roc'k On咖啡店工作還不到半年，你也無法保證他沒有一些不為人知的一面吧？」

森場似乎還是不太認同我的說法。

「我必須承認青瓶的確有辦法犯案……但我總覺得你的想法有點牽強附會。你沒有證據對吧？」

「是的，畢竟這是我剛剛才想到的假設。」

「如果他真的設計陷害了你們，我難免會覺得不舒服，可能會要求他離職。到時候或許可以再次僱用你，但是無論如何，這件事要等活動結束後才能下定論。所以這個話題就暫且擱置吧。」

「你願意考慮我的請求，我就已經是感激不盡了。」

離開時，我看了一眼還在繼續接待客人的青瓶。他正熟練地收下代幣券，將咖啡倒入隨行杯。如果他真的是犯人，那他的城府還真深。

我想等到手上的籌碼湊齊後再正面對決。不然在我還無法徹底擊敗對方的情況下，證據恐怕會被銷毀湮滅。我從後場區移動到隔壁的攤位。

5

「你好，辛苦了。」

當我帶著討好般的傻笑走近時，猴子咖啡店的錦戶一臉同情地說道：

「這次的事情真是辛苦你了。」

雖然這件事是我得意忘形的行為造成的，他還是很同情我。這人是個好人啊。我心想，真希望他不是犯人。

「我被開除了。這全是那個犯人害的，所以我正在收集線索，想逮住他好好教訓一頓。」

「如果有什麼我們能幫忙的，請儘管說。」

他實在太誠懇了，反而會讓我開始懷疑他是不是犯人。

在攤位後方的長桌上，錦戶也跟太陽咖啡及椿咖啡店一樣，使用HARIO V六〇來濾沖。在參加這次活動的六間店家中，有一半採用了濾紙手沖法，而且全都使用了V六〇。由此可見V六〇的評價有多高。

「不過目前我們並沒有受到什麼損害，所以可以提供給你的線索可能不多……」

「話雖如此，但你們到昨天為止是第二名呢。如果犯人想繼續妨礙，你們被盯上的可能性很高。」

「那可就難說了。如果把三間店都踢出局成為冠軍，反而只會引來更多懷疑吧。」

我決定暫時不提「青瓶是犯人」的假設。他為了確保Roc'k On咖啡店可以奪冠，可能會妨礙差距不大的第二名和第三名。而且因為Roc'k On咖啡店昨天就已經領先了，再加上原本就是知名店家，所以不太容易被人懷疑。我愈是思考，愈覺得他十分可疑。

「犯人應該也有自己的考量吧。總之還是小心為上。」

「我明白了。真是的，才剛解決一個麻煩，又來了一個啊。」

「你的意思是……？」

錦戶露出了苦笑。

「就是石井先生啊。昨天討論時，他不是說我們和Roc'k On咖啡店很可疑嗎？那段話真的讓我有夠火大。他應該不知道我和望為了讓中田小姐策畫的這個活動成功，總共花了多少時間準備吧！」

錦戶又說：「所以切間小姐願意幫我們澄清，真的是幫了大忙。」但美星小姐只是指出犯人不一定是西側攤位的工作人員，並未完全洗清錦戶的嫌疑，但我也不打算多說什麼。

「所以你剛剛才沒有參加討論啊。」

「呃，嗯……你大致上猜對了。」

錦戶不好意思地把視線移向手邊的咖啡壺。

「我昨天從討論回來時，表情大概看起來相當緊繃吧。當中田小姐來通知我們發生第二起妨礙事件時，望立刻說『這次讓我去吧』——」

「好燙！」

突然間，我們聽到錦戶背後傳來一聲驚呼和金屬碰撞的巨響，便朝聲音的來源看去。星後正用左手按著右手指尖，呆呆地盯著洗手槽附近，肩膀還微微顫抖著。

「怎麼了，望！」

錦戶把手放在星後的肩膀上後，她指向了洗手槽。

「我剛剛想拿起奶泡壺……但是一碰就覺得好燙，嚇得我直接把它丟進洗手槽了……」

「奶泡壺？但我們今天根本沒有加熱牛奶吧。」

「這我知道！所以我才沒想到會那麼燙……」

我靠近洗手槽查看。

洗手槽裡有個裝滿水的盆子。因為塑膠儲水桶的水龍頭流速很慢，所以他們應該是預先在盆子裡裝滿水，再把器具浸在裡面清洗吧。

我看到那個奶泡壺正浸在盆子裡，便開口說道：

「我可以碰一下嗎？反正它現在應該不會燙了。」

「沒問題。」

得到錦戶的允許後，我把戴著塑膠手套的右手伸進盆子裡。

我拿起奶泡壺，把裡面的水倒進洗手槽，馬上就發現裡面放了一個奇怪的東西。

「這是什麼啊？」

我把奶泡壺倒過來，將那個物體倒在手掌心上。

那是一塊黑色光滑的石頭，大小約五公分。

錦戶恍然大悟。

「那不是加熱石嗎？」

「加熱石？」

「就是用來烤地瓜或戶外烹飪的石頭。把它放在鍋子裡加熱後，可以維持高溫很長一段時間。」

「原來如此……如果放了這種東西在裡面，不鏽鋼奶泡壺的表面當然會變得很燙。」

「望，讓我看看妳的手指。」

聽到錦戶的話，星後戰戰兢兢地伸出手指。

我看到她手指的情況後頓時啞口無言。

星後的右手食指和中指上出現了清晰可見的燙傷痕跡。

我再次仔細檢視那塊石頭。可能是因為表面積不大，有人在背面用白筆小小地寫了一行字。

別妨礙我

第三次妨礙事件已經發生了——這次犯人用了最惡劣的方法，讓工作人員燙傷，妨礙店家經營攤位。

「我們報警吧。」

這是中田說的第一句話，宣告了第三次討論的開始。

在我們發現妨礙事件後十分鐘，各店員工便聚集到猴子咖啡店的後場區了。石井和堅藏全勤參與討論，還有事件發生時正好在場的我，以及猴子咖啡店的兩位員工。至於椿咖啡店，可能是怕最大嫌疑人舞香來了會讓情況變得很複雜，所以是足伊豆過來參與討論。而Roc'k On咖啡店的森場之所以會出現，肯定是因為我告訴他青瓶很可疑的關係。塔列蘭則無人參加，因為美星小姐若是離開，攤位就無法正常運作，而不了解情況的藻川先生就算來了也無濟於事，此外，直到一小時前我仍是他們的員工，這也是沒有人來參與討論的原因。

「到目前為止的妨礙行為，雖然本身也難以原諒，至少沒有直接傷害到任何人。但這次真的太過分了。」

「我也這麼認為，太惡劣了。」

錦戶的臉因憤怒而扭曲。包括我在內的其他工作人員，也都認為報警已是不得不做的選擇。不過，如果此時有人反對，應該會第一個被懷疑，所以犯人也不敢公然反對吧。

「那麼，就由我來——」

當中田正準備操作她手中的智慧型手機時，有人制止了她。

「不報警也沒關係。」

這句話來自事件的受害者——星後望。她用燙傷的右手指拿著原本放在保冷箱裡的保冷劑，左手則抓住中田的手臂。

「為什麼？望妳可是被犯人燙傷了耶，不能就這樣算了。」

「沒關係的。我不能讓朝子這麼努力籌備到今天的活動，因為我而失敗。」

「這樣的活動早就已經失敗了啊……」

中田脫口說出了這句以負責人而言有些輕率的話。

「這次即使沒有成功，還會有下一次。但如果鬧到報警，京都咖啡祭可能就無法再次舉辦。朝子也會被追究責任。」

「妳說的或許沒錯，但……」

「只要我沒有隨便去碰那個奶泡壺，根本不會發生這件事。這種小燙傷很快就會好了。妳已經籌備這個活動好幾個月，現在只剩五小時左右就結束了，真的不用報警啦。」

星後拚命勸說她。我回想起昨天活動開幕前她對我說的那些話。

——雖然我們同年紀，但朝子能擔任這種活動的負責人，真的很了不起。她從以前就是個任何事情都說到做到，努力實現自己目標的人，我一直很敬佩她。

——朝子真的是個非常努力的人。她的活力十分驚人，在我因為落榜而沮喪時，她安慰我說，無論去了哪裡，我們都是朋友。即使我們考上不同的學校，她也一直和我保持友好的關係。

——每個人都會犯錯，她能立即承認錯誤並且迅速彌補，這就是她了不起的地方。

星後對中田的崇拜之情，已經超越了友誼。她不願看到中田失敗，更無法忍受自己成為失敗的原因，這樣的心情雖然有些瘋狂，但也並非完全無法理解。

然而，其他相關人士不可能接受她這樣的主張。

「望，別再堅持下去了，報警也是為了防止其他工作人員陷入危險。我知道妳現在情緒很激動，但還是冷靜一點吧。」

聽到男友錦戶這麼勸說，星後忍不住哭了出來。看到沒有人繼續阻止後，中田再次確認在場所有人的意見。

「還有人反對報警嗎？」

「我是不反對啦，但……」

就在這時，石井說了一句出人意料的話。

「應該還有不用報警就能解決問題的方法吧？」

「咦？這是什麼意思……」

「事情很簡單啊——只要找出犯人不就好了。」

所有人都驚愕不已，但石井並沒有退縮。

「唉，雖然我也只是工作人員之一，但朝子從企畫階段就常找我商量，我也算是從一開始就參與這個活動的人。如果鬧到要報警，我多少也會感到自責。因為不小心推薦了犯人所在店家的人，說不定就是我啊。」

「我覺得石井先生你其實不需要感到介意……」

中田看起來有些不知所措。

「說得直白一點，我也覺得很不甘心。因為朝子很常來我們店裡光顧，是我們重要的常客啊。這個活動被搞得一團亂，最後還鬧到要叫警察來，就像那邊那位小姐說的，這樣朝子實在太可憐了。」

「都到這個地步了，你還在袒護中田小姐？就是因為負責人管理不當，望才會被燙傷的啊！」

錦戸提高音量這麼說，石井便猛然湊近他的臉。

「我不是說了嗎？如果最後真的非報警不可，那就去報吧。但是在這之前，我們可以先來討論看看嘛。如果能在討論中找出犯人，那就不需要報警了啊。只要把犯人趕出會場，就能防止妨礙行為繼續發生。你們覺得呢？」

石井的口才讓原本認為非報警不可的氣氛有了些許變化。畢竟老實說，誰都不想把事情鬧到要報警的地步。

「如果真能像你說的那樣，當然是最好……但你對犯人的身分有頭緒嗎？」

對於堅藏的提問，石井充滿自信地回答：

「當然有了。不然我怎麼會提出這種建議呢！」

除了石井外，參與討論的七個人都開始四處張望。

因為石井現在正準備揭發犯人的身分。

「喂，你該不會又要說我們舞香是犯人吧？她自從上次討論後，就沒有離開過攤位一步喔。」

足伊豆立刻反駁，石井冷冷地瞥了他一眼。

「包含這件事在內，我們都必須在討論中好好驗證吧。你這個輕浮男給我安靜一點。」

聽到自己被稱為「輕浮男」，足伊豆頓時啞口無言。

「總之先詳細了解一下妨礙事件發生時的狀況吧。我們現在還不太清楚到底發生了什麼事。」

在石井的引導下，星後擦了擦眼角，開始敘述事件發生的經過。

「我們店準備了四種奶類製品，用來製作咖啡歐蕾。分別是普通牛奶、豆漿、燕麥奶和杏仁奶。」

「嗯，然後呢？」

「咖啡是從保溫壺倒出來的，奶類製品則是以我們慣用的奶泡壺量好後混合，但由於不同種類的奶不能共用奶泡壺，我們一共準備了四個奶泡壺。」

這是理所當然的。特別是杏仁奶，對有過敏體質的人來說非常危險，所以容器絕對不能混用。但是在這類活動中，又沒有多餘的空檔可以每接待一位客人就清洗一次奶泡壺，因此只能為每種奶準備各自的奶泡壺。

「為了迅速辨識奶泡壺的內容物，我們在每個奶泡壺上都貼上透明膠帶，並在膠帶上用筆標記了奶的種類。不僅如此，擺放在桌上的順序也是固定的。」

我們看向星後所指的長桌。桌子的正面面向排隊的顧客，擺放著用來存放收取代幣券和零錢的箱子，而從我們所在的後場區看去，右手邊擺放著三個奶泡壺。最靠內側的奶泡壺上以白字寫著「牛奶」。其右邊是以黃綠色字寫著「豆漿」，最外側則是以米色字寫著「燕麥奶」。

「其實裝著燕麥奶的奶泡壺旁邊，原本還擺放著杏仁奶的奶泡壺。這是因為會選擇杏仁奶的客人最少，即使在平時營業時也是如此……所以我們按照點單量多寡的順序，將奶泡壺擺放在我站的位置附近。」

這樣的安排合情合理。星後繼續解釋。

「我是在有客人點杏仁奶的時候燙傷。不過，那個奶泡壺當時不知為何被擺在稍遠的位置，放在桌子的邊緣。我覺得有點奇怪，但沒有太在意。因為雖然位置改變了，但排列順序並未更改，而且雖然遠了一點，還是在伸手可及的範圍內。」

所以星後便毫不猶豫地伸手去拿那個奶泡壺。

「我完全沒注意到裡面放了加熱石……如果奶泡壺放得近一點，應該就能看到裡面的石頭了，所以我想犯人是故意把它放到遠處。」

「原來如此，然後呢？接下來發生了什麼事？」

「我一感覺到燙手，就把奶泡壺扔進洗手槽。應該是因為我覺得必須冷卻它吧，但這是下意識的反應，所以我記得不太清楚。後來那位塔列蘭的員工……應該說是前員工，就幫忙從裝滿水的盆子裡撿起了那個放著石頭的奶泡壺。那時我才終於明白自己碰到了什麼事。」

我很希望她在這種時候可以不要猶豫是否要加「前」這個字，不過先不提這點，身為目擊者的我，對星後的證詞並無任何疑問。

「好，非常感謝妳的意見！那其他人呢？有什麼想問的嗎？」

「我可以問一件事嗎？」

在開始扮演主持人的石井鼓勵下，森場提出了問題。

「這樣聽起來，犯人能在奶泡壺裡放入石頭的機會似乎不多，猴子咖啡店的員工們對此有什麼看法呢？」

「嗯，這真是個好問題啊！那麼，你們兩位是怎麼看的呢？」

石井一邊使用幾年前的流行語口氣，一邊做出遞麥克風給錦戶和星後的動作。回答他的人是星後。

「就像我剛才說過的，奶泡壺是擺在攤位正面的長桌上，而不是後場區。若想稍微移動奶泡壺並放進石頭，只需要一瞬間即可完成。再加上我當時忙著接待客人，沒有特別留意，所以應該有很多機會可以下手……」

要妨礙的目標物是擺在攤位正面還是後場區，的確是個關鍵細節。不同於只有相關人士才能接近的後場區，顧客來來往往的攤位正面警戒難度較大。就算站在旁邊接待客人，只要稍微移開視線，犯人就很容易趁機下手，難以防範。

「可是這起事件代表犯人接近了西側的猴子咖啡店攤位吧？這樣的話，我們這些在東側攤位的人，應該是不可能犯案才對。」

為了替舞香洗清嫌疑，足伊豆大膽提出這個觀點。但在西側攤位的森場並未贊同他的說法。

「這起事件的犯人不需要入侵後場區，所以舉例來說，犯人也可以去廁所喬裝打扮成顧客再回到會場，然後趁機把石頭放進奶泡壺吧。」

「但是我和舞香都沒去過廁所啊……」

「如果你要這麼說的話，那為了保護自己人，大家都可以隨便編造假證詞了。畢竟大家都不希望犯人是自己店裡的人。」

足伊豆完全辯不過森場，只好閉上嘴巴。

「哦，這樣啊，嗯，好吧。」

石井的反應突然一改之前的積極，變得很冷淡。看來這個討論的方向並非如他所望。

「有辦法根據加熱石保持高溫的時間，來鎖定犯案的時間範圍嗎？」

我的提議被錦戶一口駁回。

「我在露營時曾用過大量的加熱石來做蒸煮料理，所以一眼就認出那是加熱石，但那次使用時，要讓石頭冷卻比我想像中花了更多時間，大約是三個小時吧，讓我覺得很困擾。」

「咦，要那麼久嗎？」

「當然了，這次只有一顆石頭，表面溫度應該會更快降下來……但肯定不是五分鐘或十分鐘這麼短的時間。因此我覺得應該無法用來鎖定犯案的時間範圍。」

「既然石頭不容易冷卻，那加熱應該也會花不少時間吧？不可能只用打火機簡單烤一下就行了。犯人到底是怎麼加熱石頭的？」

這次是堅藏提出疑問，由星後來解釋。

「這次活動的每個攤位都有放置瓦斯爐。為了用來煮沖泡咖啡的水，火幾乎是一直點著的對吧。只要把石頭放在瓦斯爐口上，我想應該有足夠時間將其加熱。」

「那要怎麼搬動它呢？那麼燙的東西，不可能隨便拿著走。」

「只要用隔熱手套或是用厚布包起來帶走就好了吧，應該不會太困難……」

「好了、好了，停下來——！」

石井大聲打斷了這場逐漸升溫的討論。

「在你們說那些有的沒的之前，先聽聽我的推理吧。剛才討論的那些問題，我會告訴你們全部的答案。」

全部？看著充滿自信的石井，我莫名有一種不祥的預感。畢竟這場討論原本就是因為石井的引導才開始。

「這件事很簡單。只要知道誰有辦法連續執行這三件妨礙行為，那個人就是犯人。」

「嗯，雖然是這樣沒錯……」我疑惑地歪頭說道：「但是第一起妨礙事件已經證實在場的每個人都有可能做到了。」

「沒錯，第一起妨礙是這樣。但第二起妨礙呢？大多數的人都不可能做到，所以舌瀨舞香才會被懷疑是犯人。」

足伊豆的表情看起來不太高興。

「但是，我必須在這裡懺悔自己的過錯，我當初太急著得出這個結論了。因為我發現還有其他人也可以執行妨礙行為。」

聽到這句話，我心中的不祥預感更強烈了。

「那個人對自己的店進行了第二次妨礙，並假裝成受害者來試圖免除嫌疑。仔細想想，如果只在一個保溫壺裡加了苦味劑，以容量來看，最多也只會影響到十五票。考慮到即使沒有妨礙，也會有顧客投票給其他店家，這個數字還會更少。相較於太陽咖啡被割破濾紙，或是猴子咖啡店的員工被燙傷，那次的損害實在太小了。」

「等、等一下……」我忍不住想打斷他，但喉嚨太乾了，無法大聲說話。

「而、且！犯人還利用自己被開除的情況，巧妙地出現在第三次妨礙的現場。加熱加熱石的方法？只要能離開攤位，犯人隨時都可以準備。搬運石頭的方法？放在犯人目前背著的肩背包裡就行了。加熱石能保持溫度多久？那根本無所謂。因為犯人可以在妨礙被發現前不久，把剛加熱好的石頭扔進奶泡壺裡！」

「不對，我當時在後場區，根本沒有靠近過那個奶泡壺……」

「再、來！犯人也有充足的妨礙動機。那傢伙在成為員工以前，是那間店的常客，目前正在和店裡的美女咖啡師交往。他想讓自己喜歡的人和她的店獲勝，所以去妨礙其他店，這是再明顯不過的動機了。所以第一天，他先針對一間看起來很容易妨礙的店家下手，並在先前公布的投票結果發現自己的店排在第三名，於是第二天便將目標轉向第二名的店家。不僅如此，他還故意讓自己的店看起來也是受害者，以此將大家的懷疑引向其他店，真是個縝密到可怕的計畫！」

「我已經被開除了，讓塔列蘭獲勝對我來說又沒有什麼好處……」

「這種狡辯誰聽得進去啊！只不過是被開除而已，就能讓你不再希望固定光顧兩年以上的咖啡店，還有你所愛的美女咖啡師獲勝嗎？這種空泛的主張，我根本聽不進去！」

我像個沒上油的機器人一樣，轉身環顧在場所有人。

然後我明白了一件事。

這裡沒有人願意和我站在同一邊。錦戶、星後、堅藏、中田，甚至連對我懷有愧疚感的舞香的雇主足伊豆，以及我工作了五年的咖啡店店長森場，都是這樣。

所有人的目光都像利刃般刺在我身上。

「所以說——」

石井那指向我的手指宛如雕刻般美麗，不枉費他曾當過魔術師。

「犯人就是你！青野大和——！」

我再也辯解不下去了——所有的情況都指出我就是這一連串妨礙行為的真凶。

第四章

自祭典敗退

1

「直到活動結束的晚上六點之前，我們將禁止你進出會場。」

聽到中田朝子這麼說後，我已脫下塑膠手套的雙手緊握成拳。

「……我知道了。」

只要往北穿過岡崎公園內的第一屆京都咖啡祭活動現場，越過東西向的道路後，就是平安神宮境內。我站在正對著應天門，鋪有鵝卵石的地方，聆聽著中田對我下達的處分。

我被石井春夫指名為一連串妨礙行為的犯人，一時之間無法提出有效反駁，只好無奈地接受禁止進出會場這個所有相關人士的共同決定。被燙傷的星後她的同事兼男友錦戶沒有因此揍我一頓，應該算是不幸中的大幸了。

就這樣，我被中田帶到平安神宮前。我們會離開猴子咖啡店的後場區往北走，單純只是因為北側的出口比南側近。我還以為會有人監視我，但看來並沒有多餘的人手來做這件事。不過，若我真的再次試圖出入會場，只會害自己的嫌疑更大，所以我也沒打算用這種方式反抗。

中田有些愧疚地說道：

「希望你不要怪我。我其實也不太相信你就是犯人。但我現在真的不知道該相信誰才好……」

「我沒有要責怪中田小姐妳的意思。在那種情況下，不管誰看了都會覺得我是犯人。我該怨恨的只有真正的犯人。」

「就算是這樣……」

中田說到一半就停住了。我正納悶她怎麼了，卻看見她的眼淚一顆顆從眼中滑落。

「妳、妳還好嗎？」

現在想哭的應該是我才對吧，但我說不出口。

中田用手腕擦了擦眼角，對我說道：

「對不起。其實應該是你比較想哭吧。」

妳也很清楚嘛。

「我至今經手過各式各樣的活動，也犯過很多錯，有些事情甚至沒辦法在這裡說出口。但是，人為的失誤總是難免會發生。基於這一點，我一直抱持著正面的態度，認為只要在發生問題時誠心誠意地應對，活動本身就不會以失敗告終。」

「我認為妳說得沒錯。」

「但是這次明顯不同，和以往的問題性質完全不一樣。我感覺得到犯人就是想徹底破壞這個活動的惡意。這是我從來沒有遇過的情況……我已經不知道該怎麼辦才好了……」

「不好意思，我想確認一下，妳在說這些話的時候，還記得我可能是犯人這件事嗎？」

中田還在擦拭她的眼角。

「我已經無所謂了。我現在只是想發洩一下而已。如果你真的是犯人，就當作我在跟你抱怨吧。」

這就是所謂的自暴自棄嗎？

「雖然這麼說可能沒什麼意義，但既然已經發生的事無法改變，還不如去思考如何收拾局面，這樣會更有建設性。如果用幸好來形容，可能有點太自嘲了，但至少我已經被認定為犯人，你們不用報警了。」

我這麼說後，中田露出了哭笑不得的表情。

「你真的說了很沒有意義的話呢。」

「真是不好意思。」

「我並不是在稱讚你喔。不過，我的想法開始動搖了，覺得你可能不是犯人。」

「是因為我對妳說了幾句安慰的話嗎？」

「不，我認為犯人應該是個非常聰明的人。如果你是犯人，應該會說出更體貼一點的話才對。」

……我這個人啊，真的是喔，老是被女生看扁耶。雖然平易近人或許也是一種優點啦。

「不過、不過，你讓我稍微恢復精神了。畢竟活動還沒結束嘛，我還有很多事情要做。」

「這樣就對了。」

「謝謝你。雖然到目前為止麻煩事一直沒停過，但只要結果完美就沒關係了對吧？我會努力的。這場活動應該沒有那麼糟糕才對，因為我也認真許願過了啊——」

聽著重新打起精神的中田這麼說，我想起了一件一直很在意的事。

「妳時不時就會提到什麼許願或咒語，差不多該告訴我那到底是什麼了吧？」

「這個嘛——」中田移開目光看向應天門。「對不起，因為我覺得有點丟臉，請讓我保密吧。」

「原來是會讓人覺得丟臉的事啊。」

「嗯，反正就是類似晴天娃娃的東西吧。」

這樣看來，真的就只是個許願咒語而已，大概也沒必要再刻意追問吧。

「那麼，我先離開了。晚上六點過後你可以回到會場。我想你應該也會想看看最後的投票結果吧。」

「謝謝妳的體貼。請繼續努力經營活動到最後吧。」

中田向我鞠躬後便離開了。就在這時，從會場的方向傳來了聲音。

「青山先生——！」

美星咖啡師小跑步靠了過來。即使在這種時候，我還是覺得她輕盈跑跳的樣子顯得格外可愛。她就這樣一路跑到我面前，雙手抵著膝蓋開始調整呼吸。

「美星小姐，妳這樣離開攤位沒問題嗎？」

「沒問題，我已經沖煮好幾壺咖啡，交給叔叔幫忙了。應該可以撐個十五分鐘左右。」

美星小姐抬起頭，表情感覺隨時都會哭出來。

「情況變得很不妙了呢。」

「我也真是的，竟然會被犯人誣陷。」

「都是因為我拜託你去打聽線索，才會讓犯人有機會利用你……對不起。」

「沒關係啦。之前第五屆ＫＢＣ的時候，我也曾在美星小姐的安排下變成犯人啊。」

「我不是說過了，那是計畫的一部分……」

美星小姐看起來很不知所措。她這樣的模樣有些滑稽，我終於能稍微放鬆地笑出來了。

「這到底是怎麼一回事？為什麼大家會認定青山先生你是犯人呢？我只從椿咖啡店的足伊豆先生那裡聽到結論，就嚇得急忙趕來找你了。」

我把討論的內容從頭到尾都告訴她。因為我很擅長記住人們的對話。

美星小姐聽完那些內容後，說出來的第一句話是這樣的：

「……青山先生，你真的不是犯人對吧？」

我有那麼不值得信任嗎？

「我原本以為至少還有妳會相信我。」

「我是開玩笑的。我很清楚青山先生你不是那種會為了讓我獲勝而做出這種事的人。」

如果這是玩笑的話，真的一點也不好笑。

「但就如同石井先生說的，能最輕易做出這三起妨礙事件的人，的確非青山先生莫屬。就算我參加討論，可能也會得出相同的結論。」

「連美星小姐都這麼說，我真的沒信心了。我開始懷疑自己是不是有雙重人格，在自己都不知道的情況下去妨礙了別人。」

「那種跟拙劣推理故事沒兩樣的真相，我是不會接受的。」

我彷彿聽見有個不知道是誰的聲音說：「別輕易樹敵啊。」

「如果不是青山先生，也不是舞香小姐所為，那麼犯人應該是在某處設下陷阱，將不可能變為可能。或是利用我們的盲點嫁禍給你們。我一定會看穿它的。」

「這句話真讓人放心。請妳一定要幫我澄清嫌疑。」

美星小姐點了點頭。

「那麼，你之前打聽線索時，有得到什麼有價值的證詞嗎？」

針對這個問題，我開始按順序重現離開塔列蘭攤位後的對話。包括舞香向我道歉、石井對我冷嘲熱諷的事。還有我向森場報告青瓶很可疑的事。最後是與錦戶對話時星後突然尖叫的情況。

美星小姐抱著雙臂，陷入沉思。

「目前看來，似乎還沒有什麼找到什麼關鍵的線索呢。」

「我也這麼認為。不過之後我可能幫不上什麼忙了。畢竟我已經被禁止進入會場。」

「嗯……但我和叔叔又都無法離開攤位……」

「要不要把當事人晶子小姐叫回來？」

「不行、不行！」美星小姐飛快地揮手拒絕。「小晶正在約會耶，我們不能打擾她。」

這樣的確不行。就算她是美星小姐的好友，但畢竟也只是個顧客，我們不能麻煩外人幫我們做這麼多事。

過了幾十秒後，美星小姐像是放棄似地嘆了一口氣。

「我們大概還是只能根據現有的線索來思考了。我會盡力而為的。」

「一邊經營攤位一邊思考嗎？」

「是的。忙歸忙，但因為都是單純的工作，還是有餘力動腦思考。」

這聽起來像是一個缺乏深思熟慮的賭注，但從美星小姐的眼神中，我能感受到她有多麼認真。

「看來現在只能依靠美星小姐聰明的頭腦了。啊，對了。」

我從肩背包中拿出一塊黑色的光滑石頭，放在美星小姐的手掌上。

「這就是那塊加熱石嗎？」

「是的。我說如果我是犯人，這塊石頭的所有權應該歸我，把它強行拿了回來。如果妳不介意的話，可以使用它協助妳思考。」

「你做得非常好。如果這塊石頭加熱後冷卻得很快，那犯人的作案時機就會大幅縮減了。我在攤位上煮水時會順便實驗看看。」

「那就拜託妳了。」

美星小姐看了一眼手表。

「我差不多該回去了。青山先生你呢？」

「我不甘心就這樣回家，會繼續在會場附近閒晃。他們說我晚上六點後就可以回到會場，所以還可以幫你們收拾和搬東西……啊，但我已經不是員工了。」

「是啊……請你幫忙的話，我會有點過意不去……」

「只有今天的話沒關係啦。那麼，如果有什麼發現請聯絡我。我如果也想到什麼或有所發現，也會馬上告訴妳。」

「那個，青山先生……」

「什麼事？」

美星小姐猶豫了一會，最後說道：

「對不起，沒什麼。那就待會見了。」

她剛才到底想跟我說什麼呢？

我目送著她跑遠的背影，感覺自己的內心空蕩蕩的。

2

雖然我說要在附近閒晃，但該做些什麼來打發時間呢？

岡崎公園是個大到你想閒晃幾小時都沒問題的地方。可以去美術館，也可以去動物園。如果走遠一點的話，還有以兔子聞名的岡崎神社。

我猶豫了一下，決定先去平安神宮參拜。仔細想想，這次我原本預計要在這裡待上兩天，卻還沒去打聲招呼。只要住在京都，就會養成無論如何都該注重這種禮節的習慣。

我在手水舍洗手，穿過應天門。裡面是寬敞的內庭，右邊是也會出租當婚禮會場的神樂殿，左邊是舉辦講座等活動用的額殿。正面是威風凜凜的大極殿，再來是內拜殿，最裡面則是本殿。

內庭以名為龍尾壇的台階分隔為南北兩區，北側稍微高一點。我踏上只有幾階的台階進入北內庭，朝大極殿走去。

京都雖有許多神社和名寺，但平安神宮的宏偉規模每次都讓我驚嘆不已。大極殿的綠釉瓦屋頂兩端各裝飾了一隻鯱鉾[1]，朱漆柱排列整齊，迎接前來參拜的遊客。在如同大大張開雙臂般左右延伸的長廊盡頭各有兩棟樓閣，右邊是蒼龍樓，左邊是白虎樓，氣氛莊嚴肅穆。

在大極殿前方左右兩側各種了一棵樹木。我走近左邊的樹時，看到旁邊立著一塊說明看板。這棵樹似乎名叫「右近橘」。據說自平安時代以來，京都御所內裏的紫宸殿附近種植的橘樹便是如此稱呼。這名稱的由來是因為在儀式時，右近衛府的官員會站在這棵樹旁邊，所以同樣地，另一側的樹則名叫「左近櫻」。

目前京都御所的紫宸殿旁似乎仍種有橘樹和櫻樹，而模仿朝堂院建造的平安神宮也同樣種植了這些樹木。說明看板上還提到，橘樹自古以來就被當作靈藥使用，並引用了《古今集》中的和歌：「五月橘花香初現，昔人衣袖香猶存。」（五月待つ花橘の香をかけば昔のひ

---

1 又可寫為魚虎，指的是一種在日本建築的屋頂上安裝的裝飾性瓦片，同時也是日本的妖怪之一，擁有老虎的頭、魚的身體，以及噴水吸火的能力。

との袖の香そする）

我調整方向，朝大極殿走去。我踏上階梯進入內部，仰望著高聳的天花板，站到香油錢箱前。想到那位桓武天皇就被供奉在這裡面的本殿，我不禁感到意義深遠。由於今天是週末，觀光客眾多，現場的氣氛讓人難以悠閒地參拜。

我投下香油錢，依照二拜二拍手一拜的方式參拜後，腦中首先浮現的是以下的願望。

——希望我可以重新回到塔列蘭工作。

但我在這時突然心想：我真的希望這種事發生嗎？

既然我今天過後就失業了，找工作自然是不可避免的。森場雖然對我回去Roc'k On咖啡店工作一事附加了條件，但並未完全拒絕；冴子也表示願意提供幫助。當然了，如果我仍被視為這一連串妨礙事件的真凶，他們可能都會收回這些承諾，但只要我能證明自己的清白，就還有被雇用的希望。

我不是還有比這更迫切希望實現的願望嗎？但我身後已經排起長長的參拜隊伍，沒有時間重新許願了。

我暫時先從香油錢箱前離開後，發現左邊就是社務所。這裡似乎可以購買護身符之類的東西。我漫不經心地查看販售物，突然注意到了一樣東西。

——有繪馬耶。

相較於只是投錢許願，把願望認真寫在繪馬上，或許神明會更優先實現。我向社務所的巫女詢問並買了一塊繪馬。她告訴我社務所旁邊有可以寫繪馬的地方。

我照著她的指示走到那裡，果然看到一張桌子上放著黑色油性筆。我拿起筆，原本打算直接寫下願望，但後來又想，萬一被人看到會很難為情，所以最後我寫下了這樣的文字：

願一切都能恢復原樣

只憑這幾個字，外人應該看不出什麼端倪吧。但我相信神明一定能明白我的想法。

剛才我靠近右近橘時沒有注意到，它的後方原來就是掛繪馬的地方。我正猶豫該掛在哪裡時，目光幾乎是無意識地開始掃視掛在那裡的繪馬上的文字。

我想考上大學

希望全家人都能健康平安

拜託讓我買到嵐的演唱會門票！我一定要去！

我想養倉鼠

願望的種類真是千奇百怪，什麼都有。

我正讀著這些繪馬時，有一塊引起了我的注意。

希望能和現在的男友結婚

這個願望相當普通。平安神宮因舉辦過多場神前婚禮，這裡的結緣之神特別為人所知，所以才會在這裡祈求姻緣，希望獲得庇佑吧。

引起我注意的，是寫在這句話下方的一個類似黑色長方形的東西。

我好奇地稍微拿起那塊繪馬，把臉湊近查看。當我確認那是一個被仔細塗滿的漆黑色塊時，頓時恍然大悟。

這根本沒什麼好奇怪的。應該是有人寫下名字後，因為害羞或不想被人知道，才將其塗黑。我自己也是因為怕被看到才把願望寫得如此含糊。如果我剛才寫了更具體的願望，或許也會像這樣把名字塗掉。

我在理解到這一點的同時，也猛然發現自己正在做一件有點惡劣的事——隨意翻看其他人的繪馬，頓時慌了起來。我急忙鬆開手後，卻發現我剛才摸過的地方留下了茶色的污漬。似乎是手指上的咖啡豆殘渣沾到了上面。

我一邊想著如果去擦拭，不知道能不能擦掉，一邊再次拿起那塊繪馬時，看見了底下露出的另一塊繪馬，讓我的動作瞬間停止。

希望第一屆京都咖啡祭圓滿成功！中田朝子

我突然回想起幾十分鐘前，當我詢問中田許願咒語的事時，她移開目光看向應天門的模樣。

——因為我覺得有點丟臉，請讓我保密吧。

——反正就是類似晴天娃娃的東西吧。

原來是這樣啊，我心想。

中田所說的許願咒語，指的原來就是繪馬。

經她這麼一說，繪馬的確和晴天娃娃很類似，都是祈求神明庇佑，而且都是需要掛在某個地方的東西。

她所謂的「丟臉」，指的並非咒語本身，而是不想讓別人看到自己的繪馬。就像我或是那個塗黑名字的人一樣，都因為難為情不想被人看到。雖然中田的繪馬上並沒有任何被別人看到會很丟臉的內容，但她以前可能曾寫過會讓她感到丟臉的願望吧。

——因為我知道一個很厲害的咒語，可以讓我順利度過人生中的重要時刻。

她或許只是純粹地相信繪馬的靈驗。不過，這世界當然沒有那麼美好，不會因為只是寫在繪馬上，就能實現所有願望。我想她應該是藉由把願望寫在繪馬上，來相信它會成真，並專心致志地努力，所以才會至今每次許願都能實現吧。畢竟會阻礙願望實現的，往往都是缺乏自信或毫無根據的不安。

既然如此，這次許願活動成功的這塊繪馬並沒有應驗，可能會對她今後的人生帶來不小的影響。希望我們至少能夠找出這一連串妨礙事件的真凶——

正當我這麼想時，口袋裡的智慧型手機突然震動起來。

那是一通來自LINELINE的語音來電。來電人欄位顯示的是美星小姐的帳號名稱。

我隨便找了個地方掛好自己的繪馬，走到稍遠處後才接起電話。

「喂？」

「啊，青山先生？你現在人在哪裡？正在做什麼呢？」

「我在平安神宮境內喔。我碰巧發現了中田小姐的繪馬，這才知道原來她說的那個讓人生順遂的許願咒語，指的就是繪馬，正覺得恍然大悟呢。」

「你還沒走遠真是太好了。我有點事想確認一下，可以請你走回我們剛才說話的地方嗎？」

「好，我知道了。」

究竟是發生了什麼事呢？我疑惑地掛斷電話，穿過應天門走出神宮。過沒多久，美星小姐用跟剛才同樣的動作朝我跑來。

「青山先生——！」

美星小姐跑到我面前，雙手抵著膝蓋調整呼吸。

「……妳如果這麼累就不要用跑的了，我又不會逃走。」

「我一介意起來就坐不住了，所以才用跑的。我剛才趁空檔整理營業額時，發現了這個東西。」

美星小姐這麼說道，遞給我一張用來兌換飲料的代幣券。

這張代幣券大約有兩公分長、六公分寬，面額為三百日圓，上面印著黑色的「300」字樣。四邊之中，只有上方的那一邊有沿著撕線撕下來的痕跡。

這對活動中一直在接待客人的我來說，是已經看到不想再看的代幣券。我正想問這有什麼特別之處時，美星小姐把代幣券翻到背面給我看。上面用黑色原子筆寫著以下這句話：

美星加油！

「這是小晶的筆跡。」

美星小姐解釋道。

「我想也是。雖然我從她手上接過這張代幣券時，並沒有注意到背面有寫字。」

在這兩天裡，能直呼美星小姐名字並鼓勵她的顧客，也就只有水山晶子一個人了。她大概是在主辦單位本部攤位買了隨行杯和代幣券後，用攤位旁投票箱的原子筆寫下這句話。

「不過，妳找到晶子小姐的代幣券又能說明什麼呢？」

「看到這張券後，我突然有點在意青山先生你那時說的話。」

美星小姐先是這麼說之後，便向我提出了一個可以用「是」或「否」來回答的簡單問題。

我對這個問題幾乎沒有猶豫，下意識地回答了「是」。

「那應該不是什麼奇怪的事吧？」

「不。」美星小姐神情緊張地搖搖頭。「這是非常重要的證詞。請仔細回想她的行動。」

我照她的話做了，這時才終於注意到，自己看見的情景與實際情況之間產生了矛盾。

「那麼……難道說……」

「我認為這就是犯人設下的陷阱。同時我們應該也已經掌握了可以質問犯人的關鍵證據。」

「但我們還是不知道犯人是誰吧。而且認真說起來，做這種事到底有什麼意義呢？」

「是啊……如果這是為了嫁禍給某人，倒還算是能夠理解。不過，這種方法實在太不可靠——」

就在這一瞬間。

這兩天天氣一直很平穩的岡崎公園，突然颳起了一陣北風。

不知為何，我覺得那陣風就像是神風[2]一樣。或許是因為它從平安神宮的本殿穿過應天門吹來，才讓我有這種想法。會不會是平安神宮的神明，為了激勵彷徨迷惘的我們，才特意吹了一口氣呢？

「……妳也嚇了一大跳對吧？剛才那陣風到底是怎麼回事？」

「青山先生。」

美星小姐凝視著空中某個空白處說道：

「我們可能被犯人誤導，對情況產生了重大的誤解。」

「妳的意思是……」

我本來期待她會說出某句關鍵台詞，但她回答我的話卻顯得較為冷靜。

「——我們回會場吧。」

3

「為什麼你會在會場裡啊！你不是已經被禁止進入了嗎？」

2 為日本神道用語，意指神使用神力吹起的強風，引申為意想不到的幸運、有如神助之意。

當我和美星小姐在京都咖啡祭會場的北側入口與中田交談時，有人特地從攤位跑出來找我們麻煩。那個人就是石井春夫。

「我們正在商討是否能解除這項禁止進出的處分。」

即使美星小姐這麼說，石井仍舊不肯退讓。

「妳在說什麼啊，美星？明明已經確定那傢伙就是犯人了，當然只能禁止他進入。我能夠理解妳想袒護自己人的心情，但這種時候還是冷靜一點──」

「請你安靜一點！我正在和中田小姐說話！」

美星小姐一大聲喝斥，石井就馬上退縮了。

「對、對不起……」

美星小姐重新轉頭面對不知所措的中田，再次說道：

「我再說一次，青山先生並不是這一連串妨礙行為的犯人，他只是事後才被誣陷的受害者。我已經找到關於真凶的線索了。」

「這樣啊……」

「我並非不願在此直接指出犯人，但我也不想讓活動變得更混亂。所以我保證在活動於晚上六點結束後，一定會在所有相關人士面前讓真正的犯人承認罪行。為此，我有些事情必須確認。所以請你們允許青山先生代替我回到攤位繼續工作。」

「但是……說要開除他的人不就是切間小姐妳自己嗎？」

「依照勞動基準法的規定，解雇員工時至少需要提前三十天通知。所以我不可能今天就立刻開除他。」

妳剛才為了收集線索，不是才把我趕出攤位，說要開除我嗎？這也未免太雙重標準了。

「這不是我一個人就能決定的事。我不認為其他攤位的人能接受這個請求。」

「那我們就這麼做吧。從現在起到晚上六點為止，青山先生不會離開塔列蘭的攤位半步。」

美星小姐擅自替我下了決定。我是不是連去廁所都不行啊？可是還有三個小時耶……

「還有，請告知在塔列蘭攤位附近的警衛，因為這位先生被懷疑是犯人，所以視線片刻都不能離開他身上。這樣一來，青山先生就完全無法採取任何行動了。考慮到目前的情況，犯人再次妨礙的可能性應該不大，但萬一發生第四次妨礙，這麼做的話，無論如何都可以證明青山先生不是犯人，對吧？」

其實就像舞香當時被懷疑的情況一樣，犯人可能已經事先做了準備，所以美星小姐的這番話也只是強詞奪理，但不用說也知道，她自己也明白這一點。

「可是、可是，我不知道該不該相信切間小姐——」

「妳可以相信她。」

突然從意想不到的方向飛來支援射擊，讓我大吃一驚。

「妳可以相信美星。」

是石井春夫。

「為什麼石井先生你會這麼認為呢？」

聽到中田的問題，石井抓了抓頭答道：

「兩年前第五屆ＫＢＣ的時候，發生了一點小事件。是美星收集微小的線索，正確地拼湊起來，最後才解決事件的。」

「那是指石井先生你們做的那件壞事嗎？」

中田用拖長的語調打趣問道，石井頓時慌了起來。

「妳、妳怎麼會知道這件事！」

「是那個人告訴我的。」

被她指著的我故意轉頭往後看。石井對我這種老套的裝傻方式感到很無奈。

「真是的……算了。當時的情況相當複雜，但美星還是全都看穿了。她的能力是貨真價實的。所以我認為妳可以相信她。」

「石井先生，非常謝謝你。」

美星小姐誠懇有禮地向石井鞠躬道謝，他有點不好意思地繼續說道：

「……老實說，這次的事件我本來是想自己解決的。畢竟是我把冴子和美星她們捲進來，所以我必須負責。我拚命思考過了，也很確定這傢伙就是犯人，但既然美星說不是，那應該就不是吧。說來慚愧，但我現在也只能靠美星了。」

我望著這麼說的石井，心想：他果然在這兩年間改變了一些吧。

「我明白了。既然石井先生都這麼說了，那我也相信切間小姐。」

中田明確地說道，解除了我的處分。

「我允許這位先生回到攤位工作。至於其他攤位的人，我會親自去向他們說明情況。」

「關於這一點……」美星小姐有點難以啟齒地提出了另一項要求：「可以請妳先暫時不要告訴其他攤位的工作人員，我會在活動結束後解決謎題嗎？因為我剛才提到需要確認的事情，也包括詢問相關人士線索。如果大家知道我在調查，犯人恐怕會故意閉嘴不說。」

「呃，可是、可是……如果不解釋這一點的話，我想可能很難取得大家的諒解……」

「我想也是。那麼，可以請妳告訴他們，因為我對自己的店有人妨礙大家感到非常愧疚，所以身體不太舒服，需要稍微休息嗎？如果妳再說警衛會全程監視著青山先生，他們即使不情願，應該也只能接受了。」

「但是這樣一來，妳不就無法打聽線索了嗎？」

「過了大約一個小時後，我會以身體已經恢復，正在向各攤位道歉的名義去詢問情況。這樣應該就不會引起懷疑了。」

「原、原來如此。這樣好像就沒問題了呢。」

能在這種事情上瞬間想出辦法，就是美星小姐的厲害之處。連中田也因為太過佩服而有些愣住。

「那事情就這麼決定了。青山先生，雖然你原本在活動中並非負責沖煮咖啡，但接下來的幾個小時，請你專心負責濾沖咖啡。雖然這麼說真的對你非常抱歉，但請你務必好好維持塔列蘭的咖啡品質。」

藻川先生沖煮的咖啡不知為何總是特別難喝，所以事情就變成這樣了。我拍拍胸口說：

「包在我身上！」──即使之後會被開除，我也一定會親手沖煮出我心目中理想的咖啡。

我們談完後，美星小姐便轉身背對會場，朝著北方離去了。我則在中田的陪同下回到塔列蘭的攤位。

「保溫壺裡的咖啡都快用完了，為什麼回來的人是你呀？」

面對藻川先生的抗議，我說道：

「我待會再跟你解釋。從現在開始，由我來沖煮咖啡，所以請藻川先生你繼續負責接待客人！」

我把裝滿水的煮水壺放到爐子上加熱，然後開始磨咖啡豆。

在我再次回來顧攤的這段時間裡，我忙碌到連上廁所的念頭都忘了。

雖然我沒有實際練習過，但是美星小姐之前在訓練自己用較大的法蘭絨濾布濾杯沖煮出平常的咖啡味道時，我一直都陪著她。所以沖煮時需要注意的事項我大概都記得。

第一次濾沖時我有些緊張，但試喝後覺得表現還可以。雖然和美星小姐沖煮的咖啡相比還是遜色了一點，但我想已經達到了非專業人士難以辨別的水準。如果是這樣的咖啡，美星小姐和藻川先生在天上的太太應該都不會生氣吧。

美星小姐很老實地把我給她的加熱石放在瓦斯爐火旁，所以我進行了表面溫度的實驗。結論是，它似乎能夠維持相當長時間的高溫。雖然我沒有直接觸摸，也沒有溫度計可以測量，但我認為至少在加熱後的三十分鐘內，碰到它的人都可能會被燙傷。

我在途中忍不住看了一眼猴子咖啡店的方向，發現星後仍像之前一樣繼續接待客人。我注意到她塑膠手套內的手指纏著ＯＫ繃，看來是拜立刻冰敷所賜，燙傷沒有嚴重到無法工作的地步。我想這應該算是不幸中的大幸。

我能感覺到隔壁攤位的舞香不時看向這邊，但我決定盡量不去理會。如果我是犯人，在她眼中我就會變成為了嫁禍而邀請她入店的大壞蛋。不過，當初畢竟是她主動說要去塔列蘭，所以很難想像她會對我抱有強烈的懷疑，但既然石井的推理有一定說服力，她心裡可能還是有些動搖。在這種情況下，我很清楚即使與她交談也不會有什麼好結果。

大約一個小時後，我看見美星小姐回到了會場。正如她所預告，她開始逐一拜訪各個攤位。似乎還準備了從附近店家購買的和菓子當賠罪禮。做到這種地步，其他攤位的工作人員應該也很難冷淡以對。而且美星小姐本身無論是外表還是待人方式，都有一種不易讓人產生戒心的特質。

最後我忍著不上廁所的時間只持續大約兩小時就結束了。因為美星小姐已經完成她偽裝成道歉之旅的打聽調查，回到了塔列蘭的攤位。

「怎麼樣？情況還好嗎？」

美星小姐一邊戴上塑膠手套，一邊揚起嘴角說道：

「完全沒問題。」

我感慨良多地心想：她現在也能露出這麼自信的笑容了呢。

「那妳應該得到了新的線索吧？」

「如果青山先生你指的是你不知道的線索，那答案是否定的。正如我告訴中田小姐的，我在兩小時前就已經找到關於真凶的線索，這次只是為了確認而四處探訪罷了。應該可以說，就像用筆在鉛筆草稿上描線一樣，我只是把自信轉變為明確的把握而已。」

「妳真的是一如往常地讓人放心呢。請妳一定要幫我澄清嫌疑喔。」

攤位規定最多只允許兩個人在內，當我準備脫下手套離開時，美星小姐拿起保溫壺，將裡面的咖啡倒入試喝用的小杯子中輕啜一口。

然後，她說道：「你及格了。」

「妳過獎了。」我說。

「我怎麼想都覺得，不得不讓青山先生你離職是件非常遺憾的事。」

「那為什麼不乾脆撤回這個決定呢？畢竟我又不是犯人。」

「你忘了嗎？我決定讓你離職，並不是因為你是犯人。」

「是、是、是，我想起來了。」

看到我鬧彆扭的樣子，美星小姐悲傷地低垂著雙眼。

「對不起。現在的我只能這麼做了。」

我凝視著這樣的她好幾秒後，擠出了帶著些許無奈的笑容。

「我知道啦。妳一直都是這樣，總是拚命思考什麼才是最好的作法，全力去執行，反覆煩惱，直到最後才得出結論。如果妳決定要推開我，那肯定是因為別無選擇了吧。」

美星小姐剛才應該差點就要哭出來了吧。但我們現在並沒有上演感傷戲碼的時間。

「喂，美星，妳能不能趕快幫我煮新的咖啡呀？保溫壺都快要空了。」

藻川先生的一句話，讓美星小姐像是回過神來一樣，開始快速行動。

「好！我現在就去煮！」

——這樣就對了。妳如果不保持這樣的話，我會很困擾的。

為了以防萬一，我請中田陪同，再次離開會場。我在附近閒逛著，不知不覺就過了一小時。

晚上六點整。

第一屆京都咖啡祭正式落幕了。

4

「——現在就開始宣布第一屆京都咖啡祭的投票結果吧！」

中田朝子高聲說出這句話後，聚集在現場的相關人士便鼓起掌來。有些人用手中的隨行杯敲打製造聲響，也有一些人把隨行杯夾在腋下，專心鼓掌。

大家都各自攜帶了之前發送的隨行杯，因為中田表示希望在活動結束時，能夠用活動原創周邊的隨行杯來乾杯。大部分的人手裡拿的是今天發的咖啡歐蕾色隨行杯，但也有一些人拿著昨天發的白色隨行杯。

經過一段統計時間後，到了晚上六點半，太陽已經下山，四周十分昏暗。會場的人潮已經退去，籠罩在祭典結束後的寧靜中。

大家接到中田的召集通知，所有咖啡攤位的相關人士再次聚集在攤位中央，與活動第一天早上的情景如出一轍。

Roc'k On咖啡店。森場護、青瓶大介。

猴子咖啡店。錦戶徹、星後望。

太陽咖啡。米田堅藏、米田幸代。

ISI COFFEE。石井春夫、黛汐子。

椿咖啡店。足伊豆航、舌瀨舞香。

塔列蘭咖啡店。切間美星、藻川又次、我。

以及中田朝子和伊原、上原這對搭檔。

現場沒有一個人露出期待即將公布的結果的神情。每個人臉上都流露出複雜的表情，混雜著活動終於要結束的如釋重負，以及這兩天因為妨礙行為而備受折騰的疲憊感。

昨天排名第三的我們塔列蘭，已經對奪冠不抱任何期望。我們遭到妨礙，而我被宣告開除，團隊體制發生變動，再加上我倒楣地被當成犯人，最後美星小姐也離開了攤位。經歷這麼多混亂的情況，即便我們最後排在前幾名，其他店家的工作人員應該會覺得很不是滋味，我們這些當事人也會感到有些心虛。

另外，美食攤位的相關人士並未被召集到這裡來。表面上的解釋是他們與結果公布無關，實際上是為了避免他們捲入接下來即將發生的事情。

中田看了一眼寫有統計結果的紙張，開始宣布名次。

「那麼，我將從第三名開始公布！第三名是……椿咖啡店！」

這個比昨天的排名更高的結果引起了一陣小騷動。雖然舞香曾被懷疑是犯人，但椿咖啡店並未遭受妨礙。即使一度被取消資格，仍然繼續穩紮穩打地經營，這就是他們努力的成果吧。

「接著，第二名是……Roc'k On咖啡店！」

這個結果連我也覺得很驚訝。這間店不僅原本就是知名店家，也在昨天公布第一天的投票結果時拿下了第一名，而且他們也沒有遭受任何妨礙。大家原本都認為他們穩拿冠軍，所以這個結果讓冠軍獎落誰家突然變得難以預測。

我偷偷瞄了一眼青瓶。他看起來並沒有特別不甘心的樣子。如果正如我之前的推測，他是妨礙事件的幕後黑手，那這時他應該無法保持冷靜吧？或者說，能在這樣的情況下保持冷靜，說不定正是他敢三度妨礙別人的膽量表現。

「那我要繼續公布了。」

當中田這麼說時，現場的氣氛果然也頓時變得嚴肅緊張。

「獲得第一屆京都咖啡祭冠軍殊榮的是——」

中田特意停頓了一段時間後才說出那間店的名字。

「猴子咖啡店！恭喜你們！」

現場的人們爆出如雷掌聲，震耳欲聾。

猴子咖啡店的名次比昨天上升了一位。他們以咖啡歐蕾為賣點，提供多種奶類選擇的策略，應該很符合現代人的喜好吧。雖然星後被燙傷了，但幾乎沒有影響到攤位的運作，這或許也是他們勝出的關鍵之一。

雖然過程充滿波折，但冠軍就是冠軍。公園的路燈照亮了錦戶臉上燦爛的笑容，星後則不敢置信地摀著嘴巴。

「那麼，請猴子咖啡店發表一下感言吧。」

在中田的引導下，錦戶向前一步，開始說話。

「首先，我要感謝SakuraChill的各位策畫和舉辦這麼棒的活動，給了我們店參加的機會，也要感謝所有一起炒熱活動氣氛的各咖啡店員工，真的非常感謝你們！」

配合錦戶的致謝，所有相關人士紛紛低頭致意。

「在這次的活動中，有很多受歡迎的店和知名店家參加，我們也曾懷疑自己是否能做好，是否真的會有客人來我們攤位，內心感到十分不安，但與望討論後，我們決定維持自己的風格，按照平常的方式來經營，選擇以咖啡歐蕾專門店的定位來參賽。結果有許多客人支持我們店，讓我們深刻感受到，平常的努力是值得的，今天的冠軍榮譽正是這些努力的延續。」

我覺得他這番話說得很好。不需要因為活動去做特別的事情，平常累積的實力才是重點。我環顧四周，沒有看到任何人露出懊悔或怨恨的表情，大家似乎都被錦戶的話打動了內心。

但是，在這些人當中，一定就藏著那個不惜妨礙其他店家也要成為冠軍的真凶——現在他心裡是咬牙切齒到滲出血來，還是正在暗自狂笑呢？

「我們不會因為這次的結果而驕傲自滿，未來會繼續努力，讓我們的咖啡店變得更好。這兩天真的非常感謝大家！」

錦戶誠懇的演講贏得了大家的掌聲。雖然事前沒有告知，但主辦單位似乎還準備了額外獎品，伊原把一個裝有盾型獎牌的盒子交給了錦戶。

在簡短的頒獎儀式結束後，中田開始做最後的總結。

「最後，希望大家不介意我也說幾句話。」

有幾個人聽到這句話後，很明顯地正襟危坐起來。

「首先，對於這次活動中我們管理上的疏失，給各位參與者帶來諸多困擾，我在此衷心地致上歉意。」

中田致歉後，伊原和上原也跟著深深鞠躬。

「京都咖啡祭是由我策畫並擔任負責人，最終得以舉辦的活動。雖然我並不是咖啡專家，但為了讓各位參展的店家能夠愉快地經營攤位，我竭盡所能地思考、準備，迎接這場活動的開始。雖然我認為應該還有許多可改善之處，但回顧整個過程，我覺得自己在開始前已盡了最大的努力。」

但是——中田以顫抖的聲音這麼說：

「我從來沒有想像過，在活動開始後竟然會遭受這樣的惡意妨礙。」

這是當然的。

誰能預料到事情會發展成這樣呢？

我和美星小姐只是因為被石井春夫邀請參加，才會隱約擔心可能會發生麻煩事。即便如此，我們當時也只將這視為最糟糕的情況。所以中田和其他相關人士就更不用說了，他們根本不可能預料到會碰上這次的妨礙事件，也無法事先採取預防措施。

中田流著淚繼續說道：

「這次的活動，我無論如何都無法說它是成功的。即便如此，我還是要對那些沒有放棄，一直支持活動到最後的各位店家的員工們表達我無盡的感謝。真的非常感謝大家。」

這次的掌聲可以用「溫暖」來形容。雖然我們不認為中田和SakuraChill的員工完全沒有疏失，但我們都親眼看到，也知道他們很認真在籌辦這個活動。希望他們能好好反省，並將經驗運用在未來的活動經營上。儘管如此，許多相關人士都覺得至少該給予他們一些慰勞之意。

中田擦去淚水，挺直背脊。

「雖然正式的決定將由公司定奪，我無法在此明確表態，但我個人還是希望能繼續守護這次點燃的京都咖啡祭的火種，並且致力於讓京都的咖啡文化更加蓬勃發展。雖然在策畫階段時，我完全只是個一時興起就想辦活動的外行人，但現在活動結束後，我的內心已燃起了使命感。」

接著，中田將話題引向她的目的。

「為了達成這個目標，首要之務就是要在這次活動中解決活動本身發生的所有問題。因此──切間小姐。」

「是。」

美星小姐回答的聲音像是在畢業典禮上被點名般既堅毅又凜然。

「接下來就拜託妳了。」

說完這句話後，中田後退一步，美星小姐則代替她站了出來。

面對眾人不解的神情，美星小姐開口說道：

「我先從結論說起。關於第一屆京都咖啡祭中發生的一連串妨害行為，我已經找到真正的犯人了。」

「這……這是什麼意思？不是已經認定他是犯人，事情都解決了嗎？」

面對錦戶訝異的質疑，美星小姐堅毅地說道：

「青山先生並不是犯人。」

這句話讓現場的相關人士瞬間全陷入恐慌。

美星小姐環視每一個人後宣布道：

「從現在開始，我將解開所有謎題——犯人就在我們之中。」

第五章

玷污祭典者

1

所有人的臉上都浮現大為震驚的神色。

「妳說要解開所有謎題……？」

美星小姐對著一臉錯愕的森場點了點頭。

「很抱歉欺騙了大家，但其實幾個小時前我說自己身體不適，並以附帶條件讓他回攤位的說法，完全是個謊言。我的身體狀況一直都很好。」

「為什麼要說這種謊呢？」幸代疑惑地問道。

「為了解決事件，我無論如何都必須離開攤位。所以與中田小姐交涉後，我們達成協議，只要能在活動結束後，給我一些時間在所有相關人士面前解開謎團，讓真正的犯人當場認罪，她便允許我和他交接攤位的工作。」

「各位，很抱歉我擅自做了這個決定。但是我真的不希望這次的問題延續到下次的活動。所以我不得不拜託有過解決類似事件經驗的切間小姐。所有責任都由我一人承擔。」

中田再次低下頭。石井立刻替她緩頰。

「沒關係啦，反正接下來我們也只要聽美星說明就好。如果能找出犯人，當然是賺到，就算找不到，事情都發展成這樣了，也只能繼續聽下去了吧。等聽完她說的話再追究也不遲。」

「嗯，畢竟找出真凶才是最重要的事嘛。」

森場表示理解後，就沒有人再提出異議了。

「謝謝大家。首先，關於這次一連串的妨礙事件，特別是針對太陽咖啡的事件，由於是在攤位後場區發生，可以確定犯人曾進入後場區。因此犯人一定是擁有工作人員通行證的人，也就是我們之中的某人——如果是整間店的人串通起來犯案，犯人有可能借用了通行證，不過我會在接下來的說明中排除這個可能性。請大家先理解這個大前提。」

來吧，終於到這一刻了。美星小姐的解謎時間即將開始。

「那麼，我們從第一起妨礙事件開始回顧吧。就是太陽咖啡的濾紙被剪破的事件。正如我之前所說，這次的妨礙行為已證實是在剪破的濾紙上疊放完好的濾紙來執行，所以在場的所有相關人士都有可能是犯人。」

「妳的意思是說我們店管理不善才會這樣嗎？」

堅藏語氣強硬地反駁，但幸代輕拍他的手臂提醒他保持冷靜。

「濾紙上還有一段犯人留下的訊息，我們認為那是犯行聲明。正是因為這段訊息，我們才知道犯人的目的是奪取第一屆京都咖啡祭的冠軍稱號。」

美星小姐拿出那張話中提到的濾紙——不知道是什麼時候跑到她手上的，大概是中田幫忙的吧。

冠軍的榮耀將由我們奪得

「從這張濾紙上的文字來看，可以推測這次的妨礙行為是預謀犯罪。因為任何人都能準備被剪破的濾紙以及掉包濾紙盒，所以在當時我們無法鎖定犯人身分。」

「所以我認為犯人在西側攤位的推理，完全是錯得離譜啊。」

石井自嘲道。

「關鍵在於接下來的第二次妨礙事件。我的朋友在喝了我們店的咖啡後，指出味道不對，經過確認後發現咖啡被混入了苦味劑。犯人還寫訊息告訴我們，他在保溫壺裡加了苦味劑。」

美星小姐也拿出了那瓶苦味劑噴霧。訊息內容如下：

我毀了一壺咖啡。這樣你們店應該就得不到票了。

「當時保溫壺裡已經裝了足夠供應十五杯咖啡的分量，所以我們店最多會因這次妨礙事件損失十五票。雖然比太陽咖啡的損失來得小，但這次妨礙依然發揮了效果。」

這時，美星小姐以「不過」這個接續詞轉換了話題的方向。

「有鑑於前一天的妨礙事件，從今天早上開始，我一次也沒有離開過保溫壺旁。營業期間我專注於濾沖咖啡，而在我專心工作的時候，這位青山先生則負責看管保溫壺，所以除了我們店的員工外，沒有任何人能打開壺蓋並加入苦味劑。」

「沒錯。」我點頭表示同意。

「因為這一點，犯人能夠加入苦味劑的機會就十分有限了。具體來說，就是昨晚我們回到店裡清洗保溫壺後，到今天早上蓋上壺蓋帶來會場之前的這段時間。」

「所以我才會被懷疑對吧。因為在那個時段，除了塔列蘭的員工，唯一進入店裡的人就是我。」

聽到舞香的發言，青瓶也附和道：

「因為那個情況實在是太可疑了。」

「依我來看，跟蹤別人的你才更可疑吧！真要說的話，也有可能是你在我離開店之後偷偷溜進來，把苦味劑放進保溫壺裡吧？」

「哈，妳不要開玩笑了！我看到你們兩個進入店裡後就馬上離開了耶——」

「好了、好了。不過，正如舞香小姐剛才所說，當時店門是沒有鎖的，並且有一小段時間店內空無一人，這就表示其實在前一天晚上，任何人都有可能把苦味劑偷偷放進保溫壺。這是個極端的假設，但確實如此。」

從這個線索推導出的結論如下：石井認為只有我能犯下所有妨礙事件的推理是錯誤的。

「可是……我們在討論時已經確認過，第三次妨礙事件中，把加熱石放進奶泡壺這件事，任何人都能做到了吧。這樣的話，到頭來不就還是無法確定犯人嗎？」

星後不安地說道，撫摸著自己被燙傷的指尖。

「妳說得沒錯，雖然發生了三次妨礙事件，但我始終無法找到能鎖定犯人的關鍵證據。因為每個人都能夠犯下每次的妨礙行為。即便之後靠著不在場證明、動機或間接證據幸運找出了犯人，也沒辦法逼迫他承認自己的犯行。因為除了沒有絕對的證據外，也無法排除共犯或多人犯案的可能性——正當我陷入這樣的困境時，救了我的是在檢查營業額時發現的一張代幣券。」

美星小姐先把線索陸續遞給站在她斜後方的藻川先生，然後拿出了新的線索。放在她手心上的是分發給所有活動參加者的代幣券，價值三百日圓。

「這張代幣券怎麼了嗎？」足伊豆問道。

「代幣券背面寫著我朋友要給我的訊息。這是那位提醒我咖啡被混入苦味劑的朋友她的筆跡。」

美星小姐把代幣券翻過來，上面寫著：「美星加油！」

「這看起來只是一條很普通的訊息嘛。」冴子直言不諱地說出看法。

「重點不在訊息的內容。請你們看這張代幣券的撕線處。」

有幾個人湊近查看代幣券。那張晶子交給我的代幣券，只有上方有撕線。

「不用我解釋，大家應該也都知道，這張代幣券是我朋友到達會場後，最先使用的一張。」

也就是說，這張代幣券是和選票連在一起的代幣券中位於最下方的那張。一般來說，除非有特殊情況，否則大家都會從最下方開始依序撕下來使用。

「這應該沒什麼好奇怪的吧，先去朋友的攤位光顧是很正常的行為。」

聽到錦戶合理的發言後，美星小姐轉身面向我。

「當時從小晶那裡接過代幣券，並在隨行杯中倒入咖啡的不是我，而是青山先生你對吧？那時你對小晶說了這句話——」

——妳做事情還是一樣滴水不漏呢。

「為什麼你會這麼說呢？」

我不需要費什麼力氣去回想，便能清楚回答她。

「因為隨行杯裡面是濕的。我以為她在使用前已經仔細清洗過，所以才這麼說。」

美星小姐在應天門附近詢問我的問題內容如下：

——小晶的隨行杯裡面是不是濕的？

我當然是毫不猶豫地回答「是」。看來美星小姐是從我之前的話中推測出這件事。

「這有什麼好在意的嗎？她只是在使用前先用洗杯器清洗過而已吧。」

舞香似乎也和我抱持一樣的疑問。

「對於有人這麼做，我一點都不覺得奇怪。然而，重點是——我的確親眼看見了，我朋友在收下新的隨行杯後，並沒有清洗，就直接前往其他攤位了。」

在第二次妨礙事件後的討論中，當事人晶子一直站在稍遠處旁聽。當我被宣告開除，討論結束之後，晶子收下了中田給她的新隨行杯，像在逃跑似地迅速排進了其他店家攤位的隊伍中。

「在我看來，我朋友的行為似乎有點不一致。她第一次來塔列蘭的攤位時，隨行杯裡面是濕的，這表示她應該在使用前用洗杯器清洗過。話雖如此，在收下中田小姐給她的新隨行杯時，她卻沒有再次清洗，就直接去排隊了。當然了，這也有可能只是她隨意做出的行為。但我在這件事上想到了一個假設——有沒有可能苦味劑不是被混入保溫壺，而是混入了隨行杯裡呢？」

也就是說，我當時看到的那些水滴，很可能就是苦味劑。

「妳的意思是，犯人偷偷把苦味劑放進在主辦單位本部攤位裡組裝起來的隨行杯裡？但是攤位裡一直都有主辦單位的工作人員，這應該不太可能吧？」

中田反駁道，伊原和上原也點頭附和。

「而且其他攤位也沒有鬧出混入苦味劑的事件啊。」

石井緊接著補充道，但美星小姐充滿自信地露出了微笑。

「既然如此，答案只有一個。只有我朋友拿到的那個隨行杯被混入了苦味劑。」

堅藏突然大笑了起來。

「太荒謬了。這根本不能算是什麼妨礙行為吧？」

「除了損失一票，以及讓喝到苦味劑的顧客和沖煮咖啡的店員感到不快之外，的確沒有其他影響。不過，因為這個假設，我才開始懷疑，我們的前提是不是一開始就錯了。」

「妳說的前提是指？」

我追問之後，美星小姐說道：

「就是犯人妨礙其他店家，是為了成為第一屆京都咖啡祭的冠軍這個前提。」

——我們可能被犯人誤導，對情況產生了重大的誤解。

那一陣吹過平安神宮的神風，帶來的正是這個啟示。

「也就是說，犯人的目的並不是成為冠軍……？」

「只有在這樣想的時候，犯人在單一隨行杯內混入苦味劑的行為，才具有意義。」

沒有人跟得上美星小姐的思考內容。幸代有些遲疑地說道：

「可是犯人在犯罪聲明中不是寫了，他是為了成為冠軍才妨礙其他店家的嗎？」

「那張犯罪聲明是為了讓我們產生這種錯誤認知才寫的。保溫壺的情況也是一樣。實際上是為了不讓我們察覺只有一個隨行杯裡被混入苦味劑，特意在聲明中加入了混入保溫壺的虛假注解。」

所以我們全都被犯人的計謀耍得團團轉。

但是這樣一來，自然會出現下一個疑問。

「既然如此，犯人的真正目的究竟是什麼呢？」

針對中田的詢問，美星小姐以憐憫般的神情回答：

「我認為，犯人的目的就是要徹底破壞第一屆京都咖啡祭這個活動。」

「為什麼？這個活動才剛舉辦第一屆，應該不至於招來某個人的怨恨吧？」

「我知道了！是京都咖啡商店街的相關人士吧。他們覺得我們舉辦這場活動像是在抄襲他們，所以十分憤怒。」

石井突然冒出這個猜測，但卻被美星小姐否定了。

「那場活動已經先取得巨大成功了，後續活動對其造成負面影響的可能性應該非常小。相反地，若妨礙事件曝光，反而會讓他們失去聲譽，風險遠大於妨礙我們帶來的好處。」

「那只是因為美星妳很聰明，才能這樣判斷嘛。」

「京都咖啡商店街的相關人士應該不會參加這場活動吧……」

中田提出了微弱的反駁，但立刻被石井駁回。

「那只是表面上看起來而已吧。在同樣是咖啡產業的活動裡，誰能保證哪個人跟誰私底下沒有聯繫呢？」

美星小姐承認石井的推測有幾分道理後，繼續說道：

「一般來說，只憑猜測來解釋動機是沒什麼意義的。不過這一次，藉由仔細考慮犯人的動機，也就是其目的，我已經知道了犯人的真實身分。而且，至少對於部分犯行，我已經掌握了足夠的證據可以質問犯人。所以我想請大家先聽我說下去。」

「……既然是這樣，那我明白了。」石井終於妥協了。

「犯人的目的並不是妨礙其他店家，而是要徹底破壞整個活動。所以犯人假裝將苦味劑混入保溫壺，實際上卻只加進一個隨行杯，這種行為完全無法達到妨礙的效果。既然如此，為什麼犯人要假裝自己是為了爭奪冠軍呢？關於這個疑問，我推論出的答案非常簡單——因為一旦真正的動機曝光，大家一定會開始懷疑犯人。」

只要我們認為犯人執著於冠軍的頭銜，所有相關人士都無法排除嫌疑。連那些目前已經不需要在意投票結果的熱門店家，或是曾經遭到妨礙的店家，也都不例外。就連SakuraChill的員工，如果真要追究的話，也可以懷疑他們是否接受了某間店的賄賂。

「當我想到這裡時，青山先生的某句話突然浮現在我腦中。」

突然被提到的我嚇了一跳。「某句話？」

「當我打電話給在平安神宮的青山先生時，你是這麼說的吧？」

——我碰巧發現了中田小姐的繪馬，這才知道原來她說的那個讓人生順遂的許願咒語，指的就是繪馬，正覺得恍然大悟呢。

「咦？啊，難道說，你看到了我的繪馬？」

中田因為太過震驚，手中的資料夾和隨行杯差點掉到地上。我立刻向她道歉。

「我不是故意的。我只是想掛上自己的繪馬，結果正好不小心看到……」

「真是的，不可以隨便看別人的願望啦。我就是因為這樣才保密的說。」

「哈哈，真的很抱歉……那麼，美星小姐，中田小姐的繪馬怎麼了嗎？」

美星小姐的臉上沒有半點笑意。

「從青山先生的話中，我察覺到中田小姐可能在繪馬上寫下了祈求活動成功的願望。對吧，中田小姐？」

「是、是的……我寫了『希望第一屆京都咖啡祭圓滿成功！』。」

「那麼，我想請問妳。妳在繪馬上寫的願望實現了嗎？」

這根本不需要問。中田重複了她在剛才的演講中說的那句話。

「我剛才已經講過了，這次的活動，我無論如何都無法說它是成功的……」

「是啊，我也這麼認為。中田小姐在繪馬上寫的願望，很遺憾地並沒有實現。不過，這樣就奇怪了。對妳來說，繪馬不是能讓妳人生順遂的許願咒語嗎？」

美星小姐，妳到底在說什麼啊？我感到愈來愈不安了。

中田也有些不知所措地說道：

「嗯，是啊……到目前為止，我在繪馬上寫的所有願望都實現了。不論是考試、就業，還是戀愛……所以這次我也寫了繪馬。因為這對我來說是非常重要的活動。」

「那只不過是妳運氣好而已吧。」堅藏的反應十分冷淡。

「這我當然也知道啊，繪馬上寫的願望不可能百分之百實現。但我就是靠著這個方法一直順利度過難關。所以這次的活動，我就一直對自己說，不管怎麼樣，最後應該也會順利結束，因為我已經寫在繪馬上了——」

我彷彿目睹了鎢絲燈泡的燈絲突然斷裂的瞬間。

中田突然僵住了。她的話還沒說完，嘴巴仍張得大大的。

「我猜妳現在的想法應該和我是一樣的。」

美星小姐接著說道：

「犯人去了平安神宮裡掛繪馬的地方，在那裡看見了中田小姐的繪馬。當犯人讀到那純真願望的某一句話時，心中瞬間冒出了這樣的念頭——我要破壞這個活動，讓這個願望無法實現。」

一種奇怪的沉默籠罩了現場，就像在沒有人過生日的日子突然端出生日蛋糕一樣。

我的不安達到了頂點。美星小姐最近的樣子果然有點奇怪。這段解謎內容會不會也只是她迫於必須解決事件的壓力，而在散播錯誤的妄想而已呢？

「……我們真的可以相信她嗎？不可能會有人為了這種理由做出這麼離譜的事吧。」

足伊豆一臉難以置信地說道，石井也表示認同。

「對啊，美星，這說法太牽強了。如果妳不好好解釋清楚，幫妳努力說服朝子的我面子也掛不住啊——」

然而——

「切間小姐，請繼續說下去。」

中田朝子這麼說道，制止了所有人。

「連朝子妳也這樣，到底是怎麼回事啊？」

「我對她說的話有頭緒。」

她的這一句話讓石井安靜了。

「我對於有人想要阻礙繪馬上的願望實現的理由有頭緒。所以請妳繼續說下去。」

既然中田都這麼說了，就沒有人能夠反對了。美星小姐鄭重地點點頭。

「那麼，中田小姐。那塊繪馬是什麼時候掛上去的呢？我猜應該是昨天早上吧？」

中田立刻表示肯定。

「因為攤位是從昨天一大早就開始搭建，所以我在那之前去了平安神宮，祈求活動成功。然後再去社務所買了繪馬，掛在右近橘的後面。」

她說那時社務所已經開始服務了。

——明明昨天早上我才認真許願過的。

我想起了今天早上中田說的話。我早已知道那塊繪馬被掛上的時間點。

「也就是說，犯人是在那之後才看到中田小姐的繪馬。從這一點可以明白一項事實——至少在第一天，妨礙行為並不是預謀犯罪。犯人也是為了準備而進入會場，並造訪平安神宮，在那裡看到中田小姐的繪馬後，才臨時起意要破壞這場活動。」

「這樣很奇怪吧？」錦戶立刻反駁道：「那些被破壞的濾紙怎麼看都是事先準備好的。」

「不，犯人只是剛好擁有和太陽咖啡相同的HARIO V六〇濾紙，所以才利用它來妨礙——換句話說，正是因為使用了完全相同的濾紙，太陽咖啡才會成為第一個目標。」

大家全都啞口無言。真的會這麼湊巧，剛好擁有相同的濾紙嗎？

這是有可能的——因為這是一場濾沖式咖啡的活動。

「原來如此……所以才會在每張濾紙上都剪出切口啊。」

美星小姐接著我的喃喃自語說道：

「因為這麼做的話，看起來就像是事先準備好的。犯人大概是不想被人發現自己只是碰巧擁有相同的濾紙吧。」

透過這些資訊，的確也可以多少縮小嫌疑人的範圍。但是美星小姐並沒有立刻針對這些線索往下說。

「話說回來，青山先生你是在什麼時候發現中田小姐寫的繪馬呢？」

這突如其來的問題讓我忍不住回答得有些結巴。

「呃……我並不是那種會觀看別人的繪馬來追求樂趣的怪人。就像我在電話裡說的，我只是準備掛自己的繪馬時，剛好看到而已。」

「這的確是最自然的情況。犯人會不會也是在類似的情況下看到的呢——這樣的話，同一個掛繪馬的地方可能也掛著犯人的繪馬。這就是我的想法。當然了，這只不過是其中一種可能性而已。我之前說想確認的事情，就是中田小姐寫的繪馬內容，以及附近是否有疑似犯人留下的繪馬，這是最重要且優先的。」

美星小姐把濾沖咖啡的工作交接給我後，便前往平安神宮裡掛繪馬的地方。但出乎意料的是，她費了一番工夫才找到中田的繪馬。

「這並不奇怪。因為中田小姐的繪馬上已經掛了另一塊繪馬。我完全沒想到青山先生會翻開別人的繪馬，連下面的繪馬也一起查看。」

「不，我真的不是那種奇怪的人……」

「你完完全全就是那種怪人啦！」

被石井這麼罵，我連反駁的話都說不出來。

「……對不起。這是因為中田小姐的繪馬上有一塊讓我有點好奇的繪馬。那塊繪馬名字的部分被塗黑了。」

「名字被塗黑了？」冴子追問道。

「因為內容與戀愛有關，我猜那個人可能覺得被別人看到會很丟臉，所以在寫下名字後又把它塗黑了。我幾乎是下意識地拿起那塊繪馬，然後才發現下面有中田小姐的繪馬。」

「原來如此。這種事的確有可能發生呢。」

等冴子表示理解後，美星小姐才開口說道：

「我在那裡找了老半天，最後才發現前一天早上剛掛上的中田小姐的繪馬，竟然已經被另一塊繪馬蓋住了。」

「這也沒什麼奇怪的吧。週末的平安神宮，本來就會有許多參拜者寫繪馬。」

星後提醒道。

「是啊。不過至少在犯人來到掛繪馬的地方時，中田小姐的繪馬應該是掛在外面的。畢竟犯人就是因為看到了那塊繪馬，才決定下手妨礙。」

「除非犯人是像我這樣的怪人，特地去翻別人的繪馬來尋找中田小姐的繪馬，那就另當別論了。」

我這麼說道，把自己剛才被說是怪人的話用來自嘲。

「既然如此，以犯人的心態來看，應該會盡量不讓中田小姐的繪馬被人注意到才對吧？因為如果有人真的看到中田小姐的繪馬，即使機率只有萬分之一，不，即使只有百萬分之一，可能也會有人把繪馬和妨礙行為連結起來。」

實際上，若以美星小姐的聰明頭腦來思考，就會得到這樣的結果。

「所以妳的意思是，犯人為了隱藏中田小姐的繪馬，故意在上面掛了自己名字被塗掉的繪馬嗎？這聽起來有點牽強耶。」

青瓶半嘲笑地說道，但美星小姐並未因此退縮。

「我抱著『要是真的如此就好了』的心情，仔細觀察了那塊繪馬。結果我發現在繪馬的邊緣竟然沾有疑似咖啡豆的茶色粉末。」

我在心裡「啊！」了一聲。我開始擔心自己的行為是否會破壞美星小姐的推理，急忙解釋道：

「對不起……那應該是我摸到繪馬的時候沾上去的。」

「真的嗎？在青山先生碰到之前，繪馬上沒有這些粉末嗎？」

美星小姐迅速反問，我一時語塞。

「……我不記得了。我沒有看得那麼仔細。」

美星小姐停頓了一下後說道：

「青山先生，我其實一直在遠處的攤位默默看著你，想知道你被趕出會場後會去哪裡。當時，你在穿過應天門之前，是不是去了手水舍？」

我忍不住大叫出聲。

「啊——我的確去那裡洗了手！」

沒錯，我按照參拜神社的基本禮儀，一開始就去手水舍洗手了。當時我已經脫掉塑膠手套，即便手指上沾到咖啡豆的粉末，也肯定在那時就已經沖洗掉了。

「所以，那些粉末原來並不是我沾上去的嗎……」

「這樣一來，那塊繪馬就很有可能是這次活動的相關人士掛的。她——因為願望的內容，我暫且稱那個人為『她』——在戴上塑膠手套之前，也就是在活動開始前，因為準備工作的關係，手沾到了咖啡豆粉末，並且用這雙手觸摸了她自己購買的平安神宮繪馬。至於她為什麼沒有先在手水舍洗手，大概只是因為覺得麻煩之類的理由吧。」

參拜時不去手水舍洗手的人並不少見，所以這個行為沒什麼好奇怪的。

「寫完繪馬後，她來到掛繪馬的地方，發現了中田小姐的繪馬，於是下定決心要破壞這場活動。為了隱藏中田小姐的繪馬──因為那會讓人看出她真正的動機──她決定用一塊自己名字被塗黑的繪馬把它覆蓋住。如果她想更徹底地破壞，也可以選擇拿走中田小姐的繪馬，或者是再買一塊新的繪馬，寫上和自己無關的願望後掛在中田小姐的繪馬上，方法有很多種，但大概是擔心被社務所的人或其他參拜者發現，所以最後才會選擇單純地蓋住而已吧。她根本沒想到竟然會有人去翻開繪馬。」

但那個她沒想到的情況，卻真的發生了──因為我這個有著奇怪癖好的人。

「我說的這些都只是我的假設而已。但是，如果我的推測是正確的，我們就可以馬上找出犯人的身分。因為繪馬上寫的願望是這樣的。」

美星小姐這麼說後，一字一句地清晰念出了繪馬上寫的願望。

希望能和現在的男友結婚

「由於目前國內尚未在制度上承認同性婚姻，寫下這塊繪馬的人應該是正在和男性交往的女性。因此，犯人就是……」

「等一下、等一下、等一下──！」

當美星小姐正想指向某位女性時，石井突然慌張地制止了她。

「怎麼了，石井先生？現在可是非常重要的時刻呢。」

「妳是想說在我們這群人之中，目前有男友的女人只有一個，對吧？」

「沒錯。我在道歉之旅時趁機打聽調查，以十分自然的方式確認了這項事實。」

幾位女性顯得有些坐立不安，大概是對美星小姐說的事情有頭緒吧。她們的表情似乎在說：「原來當時的問題是為了這件事啊。」

「這樣不公平吧，美星。妳自己不也是有男友的女性嗎？」

美星小姐有些困惑地眨了眨眼。

「你這是什麼意思呢？」

「我能理解妳想追查犯人的心情，但妳裝傻也是沒用的。八月我和朝子一起去拜託你們店、提出活動邀請時，妳不是說自己正在和他交往嗎？」

石井豎起大拇指朝我比了一下。

美星小姐瞥了我一眼後嘆口氣，說道：

「什麼嘛，原來是這件事啊。看來石井先生你並不知道。我還以為你早就察覺出來了呢。」

「妳說不知道……是指什麼事啊？」

美星小姐的眼裡瞬間閃過一絲哀傷。但她立刻恢復冷靜的表情，說出了事實。

「我和青山先生已經在上個月分手了。」

2

是的。

雖然聽起來令人哀傷，但她說得沒錯。

在九月的某個晚上，美星小姐突然用LINELINE傳來要求分手的訊息。她說因為難以兼顧工作，目前無論如何都想要守住塔列蘭，所以希望能解除我們的情侶關係。

雖然我用「突然」來形容，但其實早就有前兆了。自從藻川先生病倒，美星小姐不僅因為曾受人襲擊而受傷，還背負著必須守護已故舅婆創立的咖啡店的壓力，連旁人也能看出她時常疲憊不堪，令人心疼。即使藻川先生和我試圖以溫暖的話語勸她不要太鑽牛角尖，似乎也無法傳進她的內心，她的心靈早已被差點失去老闆的恐懼侵蝕了。

為了能夠幫上她的忙，我主動提出要到塔列蘭工作，並在錄用後全力以赴。至少在這方面，我認為自己還是有點用處的。但我們卻也同時打破了從相識以來近三年維持的距離，成為了情侶——以結論而言，這並不是個明智的選擇。

有時她不得不對身為新進員工的我說一些嚴厲的話。有時因為經營咖啡店心力交瘁，她無法扮演完美的情人角色。美星小姐無法流暢地區分與身為員工的我以及身為情人的我的相處方式。她有時會在不必要的情況下強顏歡笑，有時則做出讓人覺得像是在發洩情緒的行為，又因此陷入自我厭惡之中。隨著這樣的日子一天天累積，我們的關係開始變得像生鏽的齒輪一樣，發出刺耳的摩擦聲。

認真說起來，美星小姐因為過去的經驗，一直對於與異性交往有難以跨越的心理障礙。即便如此，因為她主動開口了，所以我也鼓起勇氣向她提出交往的要求。我以為我們已經相處夠久了。以為已經沒問題了，我們可以順利走下去。

說不定其實應該是由我這個曾希望到塔列蘭工作的人先開口才對。

告訴她「等情況穩定下來再說」、「不用著急，我不會離開的」。

我十分明白美星小姐目前的狀況，所以沒有挽留她。如果有人問她我和咖啡店哪個比較重要，我認為選擇咖啡店是非常合理的判斷。

然而，若是說我完全沒有受傷或沮喪，始終對美星小姐維持寬容的態度，那就是赤裸裸的謊言了——我其實也對這樣的結果感到很痛苦。

所以我接受了舞香的邀請。雖然名義上是為了收集線索，但是老實說，有一半是因為我覺得或許不該執著於美星小姐，而是試著尋找其他自己能夠喜歡上的女性，另一半則是有點類似報復的心態。我覺得自己也必須轉換心情向前看，否則對美星小姐來說也不是好事。

當然了，這並不是劈腿。即便只是和異性一起吃飯，若是瞞著情人去的話，的確有可能會被認為是劈腿。但我和美星小姐已經不再是情侶關係了，這又怎麼會算是劈腿呢？

這兩天我始終以敬語和她交談，也是因為我們已經分手了。在交往期間，我們曾約好只有在咖啡店的營業時間才使用敬語。而這兩天裡，即便是在活動以外的情況，我也一直保持敬語。打從分手的那一刻起，我們便在任何情境下都改回了敬語模式。更重要的是，對彼此來說，這樣子說話反而更自然。

一切都是為了塔列蘭咖啡店。我和美星小姐都為此有所犧牲。不過，雖然是自作自受，我最後還是被塔列蘭開除了。我失去了一切，不知道該怎麼辦才好。

話雖如此，另一方面，我也覺得這或許是美星小姐一種體貼的表現。

既然已不再是情侶，繼續在塔列蘭上班難免會讓人感到痛苦。雖然我假裝沒有受傷，但其實每天都在心裡默默流淚。我試圖隱藏這些情緒，但或許有時候還是無法完全藏起來。

敏銳的美星小姐是不是已經察覺到這一切，所以想讓我輕鬆一點呢？她會不會是在藻川先生恢復到能夠完全復職的這個時間點，用我做出失去信任的行為當藉口，想讓我從切間美星這個人的束縛中解脫——給予我真正的離別呢？

我並不想要這樣的體貼。但是，正因為我們在超過三年的相處中已經逐漸了解彼此，我才會覺得如果是她，或許真的會選擇這樣的方式。

從相識到現在，經過了將近三年的時光。
我們一起克服許多困難，一步步地靠近彼此。
像這樣子終於在一起的兩人，能夠永遠幸福地攜手共度餘生。

不，這只不過是幻想罷了。

在現實中，擺在這裡的只是一對隨處可見的情侶之間再普通不過的分手故事。
即使與認定為命中注定的人分離，我們也只能繼續活下去。

3

「你……你們分手了？真的嗎？這該不會只是用來逃避嫌疑的藉口吧？」
石井在感到混亂的同時，仍不忘懷疑地說道。美星小姐把智慧型手機遞給他。

「這是我和青山先生在LINELINE的對話紀錄。是關於分手對話的截圖，如果你不介意的話，請看一下。」

石井接過手機，把臉湊近螢幕，在我們兩人和手機螢幕之間來回掃視。

「這真的是美星妳和那傢伙的對話？」

「沒錯。」

「但這個帳號名稱是怎麼回事？『茨』和『買加』分別是誰啊？」

「那個買加[1]不是我喔！」舞香慌張地說道。

美星小姐稍微遲疑了一下，不太情願地解釋道：

「由於我以前曾因與男性相處吃過苦頭，所以不想用本名來當帳號名稱。後來我得知岡山縣井原市[2]有個叫美星町的地方，就借用了那個地名，把帳號名稱設為『茨』。」

據說那個城鎮正如其名，以擁有美麗的星空而聞名。雖然她對此有些命中注定的感覺，但似乎未曾造訪過。

「『茨』的意思我大致明白了，那『買加』呢？」

石井接下來的問題讓我皺起了眉頭。

「我其實很不想用這個帳號名稱。明明是男人卻用看起來像女性的名字，我還因此跟朋友解釋了一百次以上。但因為美星小姐說只有自己用奇怪的帳號名稱很不好意思，所以我才勉強配合她改了名稱。」

「那為什麼會改成『買加』呢？」

「理由和美星小姐差不多。我的名字簡稱是青山對吧。而說到藍山咖啡，就是產自牙買加的高級咖啡豆品種。所以我就借用了牙買加這個地名，把帳號名稱改成『買加』。」

所以兩個帳號名稱都是源自地名。就在這時，名字正好與我雷同的舞香插嘴說道：

「咦？可是，你的LINELINE帳號名稱是很普通的本名啊？」

「我剛才不是說了嗎？因為我不喜歡，被甩了之後就立刻改回來了啦！」

向他人解釋情侶之間的這種無傷大雅的小遊戲真的是丟臉死了。順帶一提，美星小姐的帳號名稱依然和之前一樣是「茨」。所以在平安神宮接到美星小姐打來的語音來電時，我的智慧型手機上顯示的當然也是「茨」。

我的態度有點像是惱羞成怒，反而讓石井感受到真實性，總算願意相信我們了。

「原來你們真的分手了啊……」

「看來你終於肯相信了呢。」

1「買加」的日文發音與「舞香」相同。

2「井原」的日文發音與「茨」相同。

「不過，如果換個角度來看，也不能排除你們復合的可能性吧？」

「就算考慮到青山先生昨晚的輕率言行，你也還是這麼認為嗎？那我可以不只給你看截圖，而是讓你直接查看我們的LINELINE對話紀錄。你可以發現從那天起，我們的對話就只剩下客套的寒暄了。」

面對看似已經豁出去的美星小姐，石井反而退縮了，喃喃說道：「不，不用那麼大費周章……」並把智慧型手機還給了她。

美星小姐則若無其事地把話題拉回正題。

「總而言之，現在符合寫下那塊繪馬條件的女性，在我們之中只剩下一人了。」

我回想起昨晚與舞香的對話。

——可是呢，我現在也在找男朋友呀！

——冴子小姐和石井先生也是單身……

幸代是堅藏的妻子，而從事情發展到現在的過程來看，中田不可能是犯人。美星小姐也已被排除在外了。

美星小姐的食指指向剩下的女性。

「第一屆京都咖啡祭中發生的一連串妨害行為的真正犯人，就是妳。星後望小姐。」

星後臉色蒼白地呆站在原地，並試著遮起右手無名指上的戒指。

「等……你們先等一下！」

插話的是猴子咖啡店的店長錦戶徹。

「我們的確正在交往。但光憑繪馬上的願望就要決定誰是犯人，這太不講理了。那也有可能是犯人為了把罪行栽贓給望才寫的吧？而且關於是否有情人的問題，我們也不能保證犯人沒有說謊。」

「是啊，一方面留下犯案聲明，讓人以為妨害的目的是為了奪冠，另一方面又在繪馬上透露另一個犯案動機，試圖嫁禍他人，雖然以真犯人的行為來說是互相矛盾的，但你的反駁也不無道理。」

美星小姐冷靜地回應。

「認真說起來，到目前為止的推理，的確包含了不少臆測。妨礙中田小姐實現繪馬上的願望這個真正的動機，就是一個例子。話雖如此，當我們假設星後小姐是犯人時，有許多疑問也確實能得到解答。」

「許多疑問？」

「若要舉例的話，就是動機。星後小姐和中田小姐是青梅竹馬。星後小姐一直在一旁目睹中田小姐實現繪馬上寫的願望的模樣。所以假設星後小姐是可能擁有此動機的犯人，會比其他人更具有說服力。」

我在此時再次回想起昨天早上星後說的話。

——我和朝子一起進了同一所私立的完全中學，她還說想和我一起上大學。我算是比較認真念書的學生，而朝子總是快樂地度過每一天，老實說，我們的學力差距不小。即使如此，朝子還是說自己也會努力……結果考完試之後卻是我落榜了。

如果是大學入學考，那不是正好與繪馬有關嗎？雖然星後看起來像是在崇拜中田，但她對於中田藉助繪馬的力量獲得成功，可能一直懷有複雜的心情，這並不奇怪。美星小姐或許就是在之前的打聽調查中，從星後和中田那裡問出了類似的事情。

「接下來是第一起妨害事件。如果中田小姐的繪馬是妨害行為的導火線，那犯人能事先準備濾紙的機會應該非常有限。即使如此，犯人依然能夠準備好，這代表犯人一定是在這場活動中與太陽咖啡同樣使用V六〇濾杯的工作人員。」

美星小姐在此時再次拿出了剛才沒有用來縮小嫌疑人範圍的線索。在這次的活動中，使用V六〇濾杯的店家有三間——太陽咖啡、椿咖啡店以及猴子咖啡店。星後也符合這個條件。

「另外，星後小姐是西側攤位的工作人員，所以只要她有心，或許也可以在活動期間掉包濾紙盒，但是這樣一來，當她離開攤位不久，妨害行為被發現後，她就會有很高的風險被懷疑，而且考慮到她需要在自己的攤位中使用掉包拿走的濾紙，我還是認為她很可能是在活動開始前，就已經悄悄把上面疊著完好濾紙的濾紙盒換上去了。」

「那第三起妨害事件呢？我們店是受害者，而且望還燙傷了耶！」

錦戶近乎失控地大聲喊道：

「妳的意思是那也是演戲嗎？別開玩笑了。妳看望的手指。她的燙傷絕對不是假造的。」

「那她應該就是真的燙傷了吧。為了讓自己的青梅竹馬絕望，故意把手指伸進瓦斯爐的火裡之類的。」

美星小姐隨口說出了如此殘酷駭人的話，讓錦戶不寒而慄。

「妳這句話是認真的嗎……這太瘋狂了。」

「我打從一開始就覺得很不自然了。犯人在廁所喬裝打扮後，從攤位正面移動那個奶泡壺，並把燙人的加熱石放進裡面？是啊，雖然不能完全否定這個可能性，但這個作法實在是太冒險了。如果只是想妨礙店家的話，應該還有許多更簡單的方法才對。」

經她這麼一說，的確是如此。因為只要有人看見犯人碰觸奶泡壺，就會立刻被逮個正著。

「還有，星後小姐並不是握住了不會燙手的把手，而是直接抓住奶泡壺的壺身。而且在燙到之後，她迅速把奶泡壺丟進裝了水的盆子裡。所以大家便無法確認加熱石是否真的滾燙到足以燙傷人。以上這些細節，全都太不自然了。我在看到繪馬之前，就已經懷疑星後小姐是嫌疑最大的人了，只是缺少關鍵的證據罷了。話說回來，當時勸大家不要報警的人，好像也是星後小姐吧？」

即使到了這個地步，星後依舊保持著沉默。而我身為第三次妨礙事件的現場目擊者，竟然沒察覺到這些奇怪之處，雖然讓我懊悔至極，但同時也證明了她的演技有多麼逼真。

錦戶看起來憔悴不堪，但還是勉強擠出了一句話。

「……這些說法都沒有證據。妳沒有可以指出望是犯人的明確證據。」

美星小姐的眼神有如一頭準備捕捉疲弱獵物的獅子般銳利。

「我在看到繪馬的時候，就已經深信星後小姐是犯人，但那時還只是基於間接證據得出的結論。不過，現在我已經有足夠的材料可以質問犯人了。」

「什麼啊？材料是什麼？」石井追問道。

「讓我們再次回顧第二次妨礙事件的細節吧。犯人使用的妨礙方法是只在一個隨行杯裡加入苦味劑，並在噴霧瓶附上訊息，誤導大家以為苦味劑被混入保溫壺中。苦味劑並不是隨處可得的東西，但若是曾養過狗的人，就算還擁有這項物品也沒什麼好奇怪的。」

那時指出苦味劑噴霧是用來訓練寵物的人正是星後。而且她應該還有提到自己以前養過狗。雖然不清楚她養狗是多少年以前的事，但我可以想像那種難以丟棄寵物遺物的心情。

「不過，想也知道，在我的朋友拿到隨行杯後，犯人就不可能再把苦味劑加進去了。因為如果她從正在排隊的朋友手中接過隨行杯，在杯內噴苦味劑，一定會招來質疑。」

如果真的發生了這種奇怪的事情，晶子不可能不向我們報告。

「既然如此，犯人究竟是什麼時候把苦味劑加進隨行杯的呢？我想到的方法只有一個。犯人先把苦味劑噴在杯內，蓋上蓋子，再偷偷地把隨行杯放在本部攤位的桌上。」

伊原和上原同時睜大了眼睛。

「犯人應該是在活動即將開始前，假裝有事要去主辦單位本部的攤位，趁機接近並將已經噴了苦味劑的隨行杯放在那張長桌上。那裡原本就擺滿許多隨行杯，要偷偷混入一個應該不難。而那個隨行杯正好被我的朋友拿走了。」

「這樣的作法根本無法針對特定店家啊。」錦戶不耐煩地說道。

「是的。所以犯人其實並非特意針對我們店。真要說的話，對犯人而言，哪一間店都無所謂——犯人可能會想避開太陽咖啡和猴子咖啡店，但也不是非得這樣不可。」

如果排名較前的店家遭到妨礙，可以解釋成是要將其拉下；而即使是較低排名的店家，也可以解釋為想避免被追上。無論如何，先前公布投票結果中排名第三的塔列蘭抽到了這張倒楣的籤，對犯人來說則是一種幸運。

「不過，如果是這樣的話，為什麼噴霧瓶會掉在塔列蘭的攤位呢？」

美星小姐還沒有開口，石井就搶先回答了舞香的疑問。

「想也知道，犯人一定是在引發騷動後才把噴霧瓶扔在那裡。」

「犯人在前往塔列蘭攤位的後場區參與討論時，趁沒有人注意，偷偷把噴霧瓶放在了保冷箱的後面。藉由這種方式，犯人成功讓大家以為犯人打從一開始就鎖定了塔列蘭的保溫壺。」

當時發現噴霧瓶的是青瓶。如果沒有人先發現它，星後應該會自己跳出來當第一發現者吧。噴霧瓶上的訊息並沒有提到店名，證明了美星小姐的推理是對的。

「話說回來，青山先生，你還記得在第三次妨礙事件發生的瞬間，你和錦戶先生的對話內容嗎？」

她突然提到我，讓我有點困惑，但還是回答道：

「是的。我記得事件是在錦戶先生剛說完這句話時發生的。」

——我昨天從討論回來時，表情大概看起來相當緊繃吧。當中田小姐來通知我們發生第二起妨礙事件時，望立刻說『這次讓我去吧』——

「星後小姐當時可能已經準備好第三次妨礙的步驟，隨時可以實行，而促使她動手的正是錦戶先生剛才的發言。她不想讓人知道她主動參與討論的真正目的，是為了趁機把噴霧瓶扔在那裡。」

「所以她的行為並不是為了嫁禍給我嗎？」

「或許也有這個可能，但是第二次妨礙事件的受害者為塔列蘭，以及我開除青山先生並請他離開攤位這些事，都只是巧合罷了。所以我認為犯人並沒有刻意想要嫁禍給某個特定的人。」

「是、是、是，所以我的推理反而誤導了大家啦！」

石井有些鬧彆扭地這麼說。

「我可以理解妳的論點，但用這種方式進行第二次妨礙，未免也太不可靠了吧？如果那位拿到隨行杯裡混有苦味劑的客人，在排隊前就用洗杯器清洗過杯子呢？如果那個客人沒有察覺到混入了苦味劑呢？或者在發現混入苦味劑時，保溫壺裡的咖啡還沒倒完呢？我覺得可能導致失敗的情況太多了。」

森場提出的質疑很精確，但美星小姐並未因此改變想法。

「首先，關於保溫壺內的咖啡，我的解釋是，犯人應該正是為了避免這種情況，才會在活動開始前就把噴了苦味劑的隨行杯放在主辦單位本部的攤位裡，讓客人盡量在較早的時段拿到那個隨行杯。」

「在較早的時段拿到會有什麼好處嗎？」

「活動剛開始時，每個攤位前都大排長龍，保溫壺裡的咖啡一下子就空了對吧。在這種情況下，除非客人在喝到混了苦味劑的咖啡後立刻返回攤位並插隊反映問題，否則保溫壺裡的咖啡應該已經倒完了。再加上當時客人接連不斷地光顧，想要確定哪些客人也喝了同一個保溫壺裡的咖啡，也會變得更加困難。犯人大概是看了第一天活動開幕後的盛況，才會選擇這種方法的吧。」

所以如果客人稍有猶豫，沒有在發現味道不對勁後立刻決定向工作人員報告，那保溫壺很可能就已經空了。實際上，即使是能夠當下馬上確定味道不對，而且應該不會猶豫是否該告訴我們的晶子，也還是來不及在保溫壺空了之前說出口。

「接下來是如果加入苦味劑的隨行杯被清洗，或是客人沒有察覺到苦味劑，甚至察覺後也猶豫是否該回報，所以未引發騷動的情況。我推測在這種情況下，犯人應該就會直接跳過第二次妨礙吧。因為就算只在第一天和第二天各發生一次妨礙事件，也足夠達成不讓繪馬願望實現的目的了。」

「原來是這樣啊……」

「當然了，犯人應該也可以只扔下噴霧瓶，並聲稱其實受害的客人自己都沒有察覺到妨礙行為發生。不過，如果沒有相關人士真的喝到加了苦味劑的咖啡，只會讓人更懷疑這是否只是犯人虛張聲勢的把戲，所以我認為犯人更有可能原本就打算跳過第二次妨礙。說不定犯人還準備了其他備案，只是沒有真的執行罷了。」

在森場收回疑問之時，美星小姐說道：

「好了，到了這個階段，大家應該都已經明白，為什麼我會說我有足夠的證據來質問犯人了吧？」

所有人的視線都不約而同地集中在一點上。

「犯人把加了苦味劑的隨行杯放在主辦單位本部的攤位。那個隨行杯是從哪裡來的呢？不用說也知道，當然是由主辦單位的工作人員所發放，犯人自己收到的隨行杯。」

京都咖啡祭的原創隨行杯，除了主辦單位的工作人員外，其他人無法事先取得。

「我覺得犯人或許也曾想過是否能在本部攤位偷走一個隨行杯來用，但要避開兩名工作人員的視線，拿走一個隨行杯，比偷偷放一個還要困難得多。犯人也可以選擇再購買一個隨行杯，但這樣當然會讓主辦單位的工作人員對她留下印象，所以她才沒有這麼做吧。用自己的隨行杯可能會變成難以動搖的鐵證，肯定伴隨著極大的恐懼，但她覺得自己應該能找到藉口來解釋這一切——只要沒有累積這麼多間接證據的話。」

美星小姐再次環顧眾人。

「我請中田小姐告訴大家，公布投票結果後想要一起乾杯，請大家都帶著隨行杯來集合。各位應該都準備了隨行杯吧？」

大家紛紛展示自己手上的隨行杯。

都是活動第二天限定的款式，顏色類似咖啡歐蕾的隨行杯。

只有一個人例外。

「星後小姐，可以請妳解釋一下，為什麼沒有和大家一樣，帶著今天的隨行杯嗎？」

星後的手拿的是第一天發放的白色隨行杯。

「……望，妳把今天的隨行杯弄丟了對吧？妳剛才是這麼說的吧？」

錦戶像是在尋求救命稻草般抓住星後的雙肩，輕輕搖晃她。

「喂，妳怎麼了？說點什麼啊，望！」

「——妳恨我嗎？」

聽到中田朝子突然這麼說，星後驚訝地睜大了眼睛。

「恨妳……？」

「因為我好像做什麼事情都很順利。而且我毫無惡意地把這些事一一告訴了妳。妳假裝和我感情很好，但其實心裡一直恨著我，恨到無法忍受嗎？」

「不……不是那樣的……」

星後發出來的聲音沙啞又微弱。錦戶鬆開了手。

「……望？」

「對不起。」

星後跪倒在地，雙手掩面開始哭泣。

「真的很對不起……全部都是我做的。」

4

——連我自己都不知道該怎麼解釋才好。

解釋昨天早上看到朝子寫的繪馬時，在我內心萌生的情緒。

朝子是我小學就認識的青梅竹馬。

她性格開朗真誠，雖然有點迷糊，但只要立下目標，就會全心全意朝著目標努力。所以大家當然也都很喜歡她。

相較之下，我則是個可有可無的人，既不特別引人注目，但也不至於被忽視，就是個平凡的小孩。不過，因為我們兩人家住得近，我一直和朝子保持著良好的關係。我非常喜歡個性直率的朝子。

我第一次對她產生複雜的情緒，是在國中一年級的時候。

朝子交了男友，是我們班上一個叫浩一的男生。朝子高興地告訴我，是她主動告白後兩人才開始交往的。

朝子，妳知道嗎？

那時的我也喜歡浩一。

當時我和浩一其實彼此頗有好感。我完全沒想到會被橫刀奪愛。所以我忍不住問了：

「妳是怎麼讓他對妳心動的？」

朝子臉上洋溢著幸福的笑容，告訴了我答案。

——我去了很有名的結緣聖地平安神宮，寫了繪馬許願喔。

在那之後，朝子不時就會去神社寫繪馬，她的願望也一一實現了。

國中時，我們都同樣參加了網球社，在三年級的最後一次大賽中，朝子在個人賽一路過關斬將，晉級到更高一級的地區大賽。而我卻在只差一勝的關鍵比賽遇上強敵，力不從心，最終晉級失敗。

連我們上了同一所高中時也是，我不想再和朝子在網球場上競爭，所以選擇加入合唱團。但朝子竟然也跟著我進了合唱團，而且在很重要的音樂會上，被委以獨唱重任的不是我，而是朝子。

考大學時也是如此。明明是我成績比較好，但朝子卻也報考了和我一樣的大學，結果只有她考上了。

我很清楚。這一切都只能歸咎於自己努力不夠。

我其實也並非總是痛恨朝子。因為我一直在最近的距離，看著她比任何人都更加拚命努力的模樣。

朝子可以每次都實現願望，根本就不是因為神明保佑。那是她靠自己的力量一步步爭取到的結果。

但是，她每次都會這麼對我說。

——這應該是繪馬的功勞吧。對我來說，這就是讓人生順遂的許願咒語。

朝子，妳大概不知道吧。

畢竟我從來沒有告訴過妳嘛。

其實呢，我也一直在寫繪馬喔。

從國中一年級時聽說妳寫了繪馬，結果成功和浩一交往的那一天起，我就開始這麼做了。

在網球社的時候也是如此。

在合唱團時和考大學時也是。當我喜歡上某人時、找工作時、養的狗生病時、父母差點離婚時，我都寫了繪馬，每次都向神明祈禱。

因為朝子就是這麼說的啊！

因為朝子說這是可以讓人生順遂的許願咒語。

但我的願望卻一個都沒有實現。神明從來沒有聽見過我寫在繪馬上的願望。

為什麼？

為什麼我的願望都不行，只有朝子做什麼都很順利？

這根本就是神明在偏心嘛。

朝子妳覺得呢？妳是不是覺得我寫完繪馬就心滿意足了，什麼努力都沒做，所以才會這樣？

全都是我的錯對吧？我父母離婚、最重要的愛犬死掉，都是因為我不好，所以神明才不肯實現我的願望，對吧？

不是嗎？可是，如果不是這樣，那就說不通了啊。

既然這樣，只要我別繼續寫繪馬就好了吧？

我想，我後來之所以繼續寫，是為了逞強。

求職不順利的我，開始在猴子咖啡店打工。我會和徹交往，是因為他先向我告白。雖然我原本就對徹也有好感，但我之前應該從沒想過會和店長交往。所以這次我並未先在繪馬許下這個願望。

朝子如願進入了她一直說想從事的活動企畫業工作，雖然我們還有來往，但聯絡的頻率減少了。由於我在工作和感情上都還算得意，所以也漸漸地不再重複那種寫繪馬許願卻總是落空，並對此感到憤慨的近似自虐一般的行為。

就在這個時候，朝子拿著第一屆京都咖啡祭的企畫內容跑來問我。

我跟徹表示我一定要參加，想要幫助朝子，他也同意了我的想法。在準備活動的過程中，我從未有過任何想要徹底破壞活動的邪惡念頭。我真的打從心底期待著這場活動。

就這樣，活動第一天的早晨到來了。

我們順利做完攤位的準備工作，距離十點集合還有一點時間。徹說他會待在攤位，我突然想到可以去平安神宮參拜一下。

我沒有在手水舍洗手，這並沒有什麼特別的意思。老實說，這只是因為我滿腦子都想著活動的事，所以完全忘記了。

我在大極殿參拜完抬起頭時，眼角餘光瞥見社務所在販賣繪馬。

現在回想起來，那大概就是所謂的鬼迷心竅吧。我突然冒出想跟以結緣聞名的平安神宮神明祈求與徹結婚的念頭，於是久違地買了一塊繪馬。

我寫下願望，站在右近橘後方掛繪馬的地方前，正準備掛上自己的繪馬時，一行字彷彿從那裡突兀地浮現出來，映入我的眼簾。

希望第一屆京都咖啡祭圓滿成功。

朝子的名字清晰地寫在上面。

就在那一瞬間，我——

突然感到呼吸困難，視野變得歪斜扭曲——

一股想立刻把朝子的繪馬扯下來，狠狠摔在地上的衝動湧上我的心頭。我與朝子認識相處了這麼久，從未產生過如此強烈的情緒。

這種繪馬根本就是……

根本就只是自我安慰的手段罷了。

朝子直到現在，仍舊真心地相信這種東西能實現她的願望。

這是多麼地——多麼地純真啊！

而我的心卻已經變得如此扭曲！

我努力壓抑住這突如其來的怒火，但當我調整好紊亂的呼吸時，我已經決定要破壞這場活動，藉此阻止朝子在繪馬上寫的願望成真了。我先回到寫繪馬的地方，把自己的名字塗黑，然後將自己的繪馬掛在朝子的繪馬上面，避免她的繪馬被人看到。當時我完全沒有想過，這種失去理智的行為會在隔天把自己逼入絕境。

在那之後發生的事，全都和切間小姐推理的一樣。

我很清楚這種心情不會被任何人理解。

我覺得自己應該是在不知不覺中陷入了瘋狂。

或許我內心其實很渴望有人能把我拉回理智的世界。說不定我只是希望有人能嚴厲斥責我，阻止我做出這種可怕的行為。

否則我又為什麼會選擇在隨行杯中加入苦味劑這種明顯弊大於利的方法呢？關於苦味劑，當我看到那塊繪馬時，腦中確實想到了我養的狗死去的事情，但使用自己的隨行杯這種方法既不確實又容易留下證據，是我能想到的最糟糕的作法。就算我只有一個晚上的時間可以構思計畫，但我明明非常清楚它的危險性，卻還是付諸行動了。而正如我所擔心的，最後至我於死地的，就是那個隨行杯。

認真說起來，如果朝子在第一天活動結束時就承認活動失敗，那我也不會再繼續妨礙下去。但是，即使在我第一次妨礙後，朝子仍然說了「順利結束」，甚至在第二次妨礙後，她還是用了「成功」這個詞。聽到這些話時，我不僅認為自己應該持續妨礙下去，直到讓朝子說出「失敗」這兩個字為止，同時也對自己必須這麼做感到痛苦。

不過，這樣的藉口應該沒有人會相信吧。

我無所謂。我一點都不指望有人能諒解我。

……但是。

就算沒有人相信也沒關係，請讓我在最後把這句話說出來。

我真的非常喜歡朝子。

我一直很尊敬她這個朋友。

這絕對是我毫無欺瞞的真正想法。

5

真是太自私了。

這是多麼醜陋又毫無辯解餘地的動機啊。

實際上，在場大多數人都以參雜著驚愕、輕蔑與厭惡的複雜眼神注視著依然癱坐在地上的星後望。連續兩天被如此愚蠢的騷擾耍得團團轉，這些人的怒火籠罩著這個公園的一角。

但是——

我心裡卻忍不住閃過了一絲這樣的想法。

覺得自己或許能夠明白她的心情。

我至今仍以男女之情愛著美星小姐，但是身為咖啡師，我對她也懷有近乎崇拜的情感。那杯我尋覓多年卻始終無法親手沖煮出來的理想咖啡，她在與我相遇之前就已經完美做到了。我對此心生敬畏，一開始也是基於對咖啡的興趣，才會成為塔列蘭的常客。

但是我也察覺到，自己看著她的眼神中，有時會摻雜宛如黑點般的小污漬。

若要為這種情緒命名的話，那就是嫉妒。

我親眼目睹她對咖啡的純粹想法、探究精神與熱情，心中某處便萌生了與崇拜互為表裡的嫉妒之情。因為我一直認為自己無論如何都無法達到像她那樣的境界。

所以在我們剛認識不久時，我會在感覺到她沖煮的咖啡風味變差時，興沖沖地指出這一點。而這當然也是為了與她斷絕關係的藉口。但是，明明還有許多方法可以避免這麼做，我卻刻意把這件事說出口，這是無法抹滅的事實。

而這種情感隨著與美星小姐相處的時間拉長而逐漸淡化，也是不容忽視的事實。不過，當我被塔列蘭雇用，開始以同事的身分觀察她身為咖啡師的一面時，會不會就算只有一點點，那種深藏在心底的情感也還是浮現了出來呢？我真的能夠充滿信心地保證這種事從未發生過嗎？

一直到現在的這一刻為止，我都認為自己和美星小姐分手是因為她的關係。

我一直推測她是因為太過忙碌而沒有多餘心力與情人建立適當的關係，才會忍痛提出分手。在日漸憔悴的情況下，她權衡了兩項自己重視的人事物後，選擇了守護咖啡店，而非與我繼續交往。所以我鬧起了彆扭，甚至做出與舞香一起去吃飯這種完全只是在報復的行為。

但是，情況真的是這樣嗎？

我隱藏至今的嫉妒之情，是不是在這半年間一點一滴侵蝕著美星小姐的精神，連我自己都沒有察覺到呢？當她無法再承受這些累積的情緒時，選擇了身為員工的我，而非情人的我，會不會就是在試圖接受這種摻雜著嫉妒的狀態呢——因為一旦沾染上污點，就沒有那麼容易清除。

我從來沒有刻意做出這些言行。但我也必須承認自己的確有嫉妒的感覺，所以若有人對我指出這一點，我也並非毫無頭緒。我自以為光憑LINELINE上的對話就能完全了解她的想法，沒有進一步深談就接受了她提出的分手要求。我曾覺得這是為了逃避受傷，甚至認為被甩的我有這麼做的權利，但是這其實有可能只是把我也必須負起部分責任的傷害全都推給她承擔。

——所以我才會說自己能夠稍微明白星後望的心情。

這種明明衷心仰慕著既是青梅竹馬又是好友的中田朝子，卻因嫉妒而失去理智，毀了這場重要活動的心情。

中田朝子對此又有什麼想法呢？

「中田小姐，妳打算如何處理呢？基本上，我認為應該由身為活動負責人的妳來決定如何處置星後小姐。」

美星小姐以公事公辦的語氣這麼說後，所有人的目光都集中在中田身上。

她不可能對這件事不感到震驚。即便如此，中田卻只是深呼吸了一次，表現得十分堅強。

「以公司立場來說，我想我們應該會對望要求損害賠償，也會試著給予受害的太陽咖啡和塔列蘭某種形式的補償。既然現在已經查明真凶，應該不需要再報警追究刑事責任了，但是無論如何，這都不是我一人能決定的事情，所以現階段也無法再多做說明，很抱歉。」

諷刺的是，我在此時再次見識到了星後所說的中田的堅韌意志。她的應對真的十分沉穩果斷。

稍微停頓了一下後，中田繼續說道：

「若以朋友的立場來說——」

星後抬起滿是淚水的臉。

中田說話的聲音帶著顫抖。

「或許會有人說我太心軟，但只因為犯錯一次，就要我討厭自己最喜歡的望，我無論如何都做不到。」

「朝子……」石井喃喃說道。

「這次的妨礙事件不只是望的問題，而是我自己和她之間的問題。我們竟然把這種私人糾紛牽扯進來，害你們這些爽快答應參加活動的優秀店家互相猜忌懷疑，承受了這麼多痛苦，我心裡也懊悔不已。」

中田在星後身旁跪了下來。

然後深深地低下頭。

「真的非常對不起。」

「非常對不起！」

星後也仿效中田的動作，把額頭靠在地上。

「朝、朝子，妳別下跪啊！沒有人希望妳做到這種地步！」

石井抓住中田的肩膀想扶她起來，但她卻像塊石頭般紋風不動。

就在這時，一個意想不到的人開口說話了。

「……人是會犯錯的生物。」

是舌瀨舞香。我對這段話有印象。

「有時內心會失去平衡，鬼迷心竅，不小心越過不該碰的界線。當然了，這些行為應該受到適當的懲罰。法律和規則就是為此設立。如果完全堵住重新來過的道路，那反省也失去了意義，我不想看到這樣的社會。」

聽到這段突如其來的話，大家都露出疑惑的表情。舞香指著我說道：

「這是他昨天晚上說的。我聽了之後覺得他說的非常好。」

中田和星後抬起頭來。

「我先前也被當成犯人，老實說現在想起來還是很火大。但就算才認識一天，我也不覺得小望是什麼十惡不赦的壞人。因為她明明有辦法鬧出更大的問題讓活動中止，結果卻只剪破了幾張濾紙，在一個隨行杯裡放了無害的苦味劑，還有把自己燙傷而已呀？這根本就像小孩子的惡作劇嘛。」

應該沒有人會覺得她的意見是合理的吧。但是，正因為出自她之口，這番話才奇妙地具有改變氣氛的力量。大家看著星後的眼神，原本像是在看一個重大罪犯，現在卻彷彿從催眠中醒來般，漸漸地有了溫度——雖然這也有可能只是我這個與舞香想法共鳴的人一廂情願的願望。

「既然小望和朝子都已經道過歉了，接下來只要她們願意做些事情來補償或是彌補，那不就夠了嗎？就算她們下跪，我們也一點都不會高興呀。所以呢，我們就讓這件事到此為止吧。」

「身為受害者之一，我也贊同舞香小姐的想法。」

美星小姐立刻就成為了我們的友軍。

「我們也同意。」

同樣受害的太陽咖啡的幸代這麼說，但堅藏卻急得跳腳反駁。

「喂！妳怎麼可以擅自——」

「你給我安靜點。」

一直默不作聲的幸代突然展現前所未見的強勢態度，堅藏像個被戳破的鋁箔氣球般洩了氣。在這個瞬間，他們夫妻間的階級關係顯露無遺。

「我們家也有個與星後小姐和中田小姐年紀相近的女兒。就算是身為母親的我來看，她也真的又笨又淺薄，總是讓人提心吊膽。但這不就是每個人在成長過程中必經的路嗎？」

年紀僅次於米田夫婦的已婚人士森場也不斷點頭稱是。

「雖然星後小姐已經是個需要負社會責任的大人了，但在我們看來，她還很年輕。我認為我們這些長輩的責任，應該是要引導犯錯的年輕人走向正確的道路，而不是逮到一點小錯就徹底放棄他們。所以我們也和塔列蘭一樣，不會再要求更多道歉。這樣沒問題吧，老公？」

「……嗯。」

堅藏雖然不太情願，但還是點了點頭。

美星小姐看到中田和星後都沒有開口，便率先接下了話題的主導權。

「大家都沒有意見嗎？」

曾犯過錯的石井和冴子、身為舞香雇主的足伊豆，以及主辦單位的工作人員伊原和上原，都紛紛表示同意。雖然比星後他們還小的青瓶臉上掛著嘲諷般的冷笑，但也沒有出聲反對。

在舞香和幸代的真誠勸說之下，大家原本以為事情就此落幕——但是。

「請等一下。」

打斷這個話題走向的人是錦戶徹。

「首先，請讓我代表猴子咖啡店向各位道歉。如果我們店沒有參加，這個活動原本應該會非常成功。對此我深感歉意。」

現在已經沒有人會責備他了。錦戶見眾人沒有反應，繼續說道：

「接著是中田小姐。猴子咖啡店會歸還冠軍頭銜。我們無法收下這項殊榮。第一屆京都咖啡祭的冠軍，請改由第二名的Roc'k On咖啡店遞補。」

「啊……這麼說也對。Roc'k On咖啡店，你們的想法是？」

面對仍以跪坐姿態詢問意願的中田，森場答道：

「雖然這並非我們的本意，但考量到現在的情況，也只能接受了吧。畢竟猴子咖啡店的行為，也可以解釋為以不正當手段減少其他店家的得票。」

錦戶把盾型獎牌交給森場。第一屆京都咖啡祭的冠軍榮耀，落到最被看好的Roc'k On咖啡店頭上。

「最後——舌瀨小姐。」

舞香嚇了一跳，大概是沒想到會在這時被點名吧。

「我也同意妳的看法。這個同意也包含了妳說的『應該接受適當懲罰』的意思。」

這的確是舞香的想法，但也是我說過的話。我不知道事情會如何發展，不禁繃緊了身子。

錦戶轉身面向星後。

「望。」

星後用彷彿等待閻羅王判決的罪犯般的眼神看著錦戶。

「我們的關係就到此為止了。無論身為員工還是情人都是。正因為在場的大家都這麼寬容，我才更必須對妳嚴厲。像妳這樣為了私人恩怨破壞咖啡活動的人，不只不適合當咖啡店員工，我也沒辦法再和妳交往下去。」

——這大概就是錦戶說的懲罰吧。

星後臉上浮現絕望的神情。但她並沒有反抗。

「……是的。謝謝你這段時間願意和我交往。」

她再次低頭彎下身子，以跪坐的姿態啜泣。

錦戶轉身朝著猴子咖啡店的攤位離去。我不知道這是不是錯覺，但好像看見他的眼角閃過悲傷的淚光。

現場的氣氛變得十分令人難受，大家開始一個接一個地離開。當我也準備回到塔列蘭攤位時，最後回頭一望，發現只剩下中田一人陪在星後身邊。

這對情侶最後分手了。星後望寫在繪馬上的願望，又再次落空。

這一次是她自己親手玷污了那個願望。

終章

在祭典結束之後

「真的非常感謝妳。」

中田朝子深深鞠躬，用力到上半身和下半身幾乎要折成兩截。

充滿瘋狂與悲傷的第一屆京都咖啡祭結束了，我、美星小姐及藻川先生正在塔列蘭的攤位收拾東西。中田應該很忙，但她還是特地來到後場區向我們致謝。看來她已經讓星後先回家了。

美星小姐搖搖頭回應道：

「就算我沒有說出來，星後小姐遲早也會向中田小姐妳坦白罪行的。妳這麼善良體貼，她總有一天會承受不了良心的苛責吧。」

就算不是我，也能察覺這不過是安慰的話罷了。中田直起身子，憂鬱地說：

「……我一直以為這樣做比較好，才會跟望說繪馬的事情。」

「妳的意思是？」

「望好像一直認為我是個很努力的人，但是在我看來，望才是非常努力的人。只是不知道為什麼，她無論做什麼都不太順利。」

這種人我也認識。很遺憾地，這個世界永遠都是這麼不公平又不講理。

「當因為這樣而失敗的人問我『為什麼只有妳這麼順利』時，我怎麼可能說是因為努力程度不同呢？我從來沒有這樣想過。所以我只好說可能是因為寫了繪馬。」

「那麼，關於浩一那件事……」

「她問我『妳是怎麼讓他對妳心動』時，我才終於察覺到望對他的心意。所以我就告訴她關於繪馬的事，但我不想讓她知道我已察覺到她的心意，只好強顏歡笑……但類似的事情一而再、再而三地發生後，我在不知不覺間也變成為了向望解釋而寫繪馬。當然了，最主要的理由還是因為我的願望真的都實現了。」

「那星後小姐也在寫繪馬的事呢？」

「我可以發誓，我完全不知情。因為她總是說『早知道我也應該寫繪馬』……現在想起來，我應該要在某個時間點開始懷疑望是不是也在寫繪馬。如果我知道這件事，絕對不會跟她說都是繪馬的功勞之類的話。」

「我覺得中田小姐妳不必為此自責。應該沒有人比星後小姐自己更明白，妳是基於體貼才這麼說的。」

中田像是陷入思考般停頓一會後，低聲說了句謝謝。

「是啊，就算沒有被切間小姐揪出來指正，望或許也會在不久的將來主動向我道歉。但是，如果只有我一個人知道真相，我大概就無法向公司報告了。那樣無論是對望、還是對我，都不會有好處。我真的很慶幸切間小姐妳願意幫忙。」

「我很高興自己能幫上忙。」

「雖然望犯了錯，也失去了工作和男友，但在她振作起來之前，我想一直陪在她身邊支持她。不管是以造成這一切的責任者身分——又或者是以她朋友的身分。」

「妳應該覺得非常痛苦才對，卻還能與星後小姐一起道歉，真的很了不起。可以參加妳所策畫的活動，我們感到很榮幸。」

中田的眼眶泛起淚光。

「……妳太抬舉我了。這份恩情我一輩子都不會忘記。」

「妳這樣說太誇張了。如果不介意的話，下次也請邀請我們參加喔。」

「好的！」

中田露出笑容，擦拭了眼淚。就在這時，一個格外響亮的聲音傳了過來。

「朝子——！」

是石井春夫。他一邊扭動著身體，一邊從ISI COFFEE攤位的方向跑了過來。

「石井先生，這次真的是承蒙你多方關照了。」

「別這麼說啦，這可是朝子妳拜託的事情耶。能夠幫上忙，我也很開心喔。」

他還是和之前一樣，態度友善到讓人覺得詭異。我還是忍不住懷疑他是不是真的別有用心。或者說，他該不會是因為喜歡中田才這麼做的？

當我正這麼想時——

「等事情都忙完後，我會再去ISI COFFEE找你玩。到時會帶男友一起去。」

「好啊，也替我向他問好。」

聽到這段對話，我頓時反應不過來。原來中田有男友啊。話說回來，在確認繪馬是誰寫的時候，只有中田沒被詢問目前是否有交往對象。畢竟要是說她會自己妨礙自己繪馬上的願望實現，在邏輯上就完全矛盾，所以也是理所當然。

「我待會還得去其他攤位看看，石井先生，你們的東西已經收拾好了嗎？」

「差不多都弄完了。我不會抓著妳繼續聊，妳別介意，快去吧。我是因為有話要跟美星說才來的。」

有話要跟美星小姐說？當我正滿腹狐疑時——

「那來得正好。我也有事情想問石井先生你。」

美星小姐也真是的，竟然說了這種話。

我們目送說了句「那我先走了」的中田離開後，石井選擇讓美星小姐先開口。

「好了，美星，妳想問我的事情是什麼？」

「最後我們證明了石井先生你並沒有參與這次的妨礙事件。我們不該一開始就懷疑你，真的非常抱歉。」

「這沒什麼啦，我一點也不在意。畢竟是我自作自受嘛。」

「不過，這樣一來就更令人費解了。石井先生，為什麼你當初會推薦我們店參加這次的活動呢？」

我完全忘了這件事。我和美星小姐曾經推測，石井可能是為了讓美星小姐表演假推理，才推薦塔列蘭咖啡店參加。不過，事實證明石井所表演的假推理並非他所策畫。既然這樣，美星小姐在整件事中扮演的角色至今仍然不明。還是說，這真的只是因為他沒有其他可以推薦的對象？

石井滿不在乎地說道：

「什麼嘛，原來是問這個啊。那我要說的話就是回答了。」

我正疑惑這是什麼意思時，石井已經對著美星小姐伸出雙手。他的手心向上，示意自己手中空無一物。

但在下一瞬間，石井右手握拳上下揮動，一朵玫瑰便憑空出現在他手中。

「魔術……？」

美星小姐整個人都呆住了。

石井單膝跪地，一邊對著她遞出玫瑰花，一邊說道：

「美星，我喜歡妳。請妳跟我交往！」

……咦？

咦咦咦咦咦——————！

「咦咦咦咦咦——————！」

我忍不住直接把心裡的聲音喊了出來，石井狠狠瞪我一眼。

「你這個外人很吵耶。」

這種情況當然會吵啊！而且我又不是外人！

「那個……你是認真的嗎？」

石井對著一臉困惑的美星小姐繼續說道：

「兩年前在第五屆KBC看到妳解開所有謎題的時候，我就深深迷上妳的聰慧以及剛正不阿的堅毅個性了。從那天起，我沒有一天忘記過妳。」

「可是，那時我完全沒看到你展現出類似的態度……」

「妳還記得上岡小姐通知我被KBC禁賽時，我極力反抗的事嗎？那是因為我覺得只要明年之後也可以繼續參賽，就還有機會再見到美星妳。」

我還記得這件事。石井當時否認上次比賽的妨礙行為，試圖讓自己的罪行看起來沒那麼嚴重。現在回想起來，那真的是非常不知悔改的行為。

「我當然不認為在犯下那麼嚴重的過錯後，美星會馬上接受我。我深刻反省了自己的錯誤，以及身為咖啡師缺乏的自尊，這兩年來，我一直拚命精進，就是為了有朝一日能成為獲得美星認可的咖啡師。妳可能不知道，現在的ISI COFFEE已經成長為以虹吸式咖啡聞名的名店，經常有媒體來採訪報導。」

我想起了中田對石井的評語。

——我固定去ISI COFFEE消費已經一年半了，石井先生一直都對我很親切，也很認真看待咖啡……

——但我真的覺得石井先生煮的咖啡很好喝。

——雖然石井先生的確給人有點噁心的印象，但他絕對是一流的咖啡師。否則我也不會定期拜訪他的店了。畢竟他給人的感覺那麼噁心。

或許中田看人的眼光並沒有那麼糟糕。還有——

——我從那時起就一直在深刻反省。雖然做過的事無法挽回，但我已經改過自新，決定認真面對咖啡了。我把這次的活動當成是證明自己的機會。

——所以啊，請你幫我轉告美星吧。在這兩天裡，我會全力以赴，希望她能看到我的表現。然後，如果她認同了我的努力，希望她可以原諒我兩年前做的事。

那些石井本人說的話，或許既是為了討好美星小姐，同時也反映了事實。既然如此，我之前不屑地說「誰會相信這種話」就是我不對了。雖然這也算是他咎由自取啦。

「距離那時過了兩年，當我開始覺得ＫＢＣ的風波應該也平息了時，朝子拿著這次活動的企畫內容來找我。我想讓美星看到已經脫胎換骨的自己，所以推薦了塔列蘭。不過，當我得知妳跟那傢伙在交往時，就告訴自己現在還不是時候，決定先專心參與這次活動，轉換了心態。」

我現在終於明白為什麼石井總是莫名敵視我了。他聽說我們在交往時會那麼大受打擊，原來也是因為這件事。

「但我沒辦法輕易放棄自己的心意。在活動中，我一再提出自己的推理試圖解決事件，雖然也是為了朝子和活動本身，但我更希望能藉此接近頭腦聰明的美星。我就這樣費盡了心力，想讓妳對我改觀。」

雖然石井的推理最後都證明是錯誤的，但他每次都能說服相關人士也是事實。現在回過頭來看就懂了，他並非刻意扭曲真相，而是真誠地在面對每起事件。

「然後就在剛才，我得知你們兩人已經分手了。我再也無法抑制自己的心意。這兩年來，我一直很想再見到妳，但每次都告訴自己現在還不該去見妳，最後總算等到了這一天。所以，拜託妳了，請跟我交往吧！」

石井再次提出交往的請求，深深低下頭。

那麼，美星小姐會如何回答呢？

難道說……不，應該不會吧。雖然腦中這麼想，但我的心臟卻猛烈跳動著。要是美星小姐和石井真的在一起，大家肯定會在某某評論區罵翻天……不對，是我的內心會天崩地裂吧。但是我已經沒有資格阻止她了。

美星小姐朝我這邊瞥了一眼。

然後說出了回答。

「對不起。」

太好了──！我驚險地挺過了危機！

「咦，不行嗎？我比妳年長，在包容力等方面應該更有優勢喔。而且店裡生意很好，所以經濟條件也還算不錯。不管美星妳說什麼，我都不會拒絕妳。」

看到石井又再次展現死纏爛打的態度，美星小姐苦笑著說：

「你的心意讓我深感榮幸，雖然在ＫＢＣ時我對你的印象非常糟糕，但經過這兩天後，我很清楚石井先生你改變了許多。不過，對不起，我心裡已經有其他意中人了。」

咦？剛才我以為已經用最高速跳動的心臟，現在竟然又跳得更快了。

美星小姐離開石井身邊，朝著站在幾公尺外的我面前走來。

然後對我說道：

「青山先生──不，青野大和先生。你願意再次跟我交往嗎？」

這……是我在作夢嗎？

我不知所措地問道：

「可是，妳不是說因為無法同時兼顧員工和情人的關係，所以選擇了前者嗎……」

「是的。所以我開除你了。」

我花了幾秒鐘才理解這句話的意思。

「咦——啊，原來是這樣！」

在黃昏時分的天空下，她的雙頰也跟著泛起如晚霞般的紅暈。

「我很清楚自己一直都在任性妄為。我也從沒奢望過你能容忍我。但當時我一心只想守護咖啡店，所以才不得不選擇分手。」

嗯，我可以明白。畢竟沒有人比我更近距離目睹她憔悴的模樣。

「我之所以會收回已經送出的訊息，是因為我送出『等叔叔恢復健康，我想和你重新開始』的訊息後，又覺得不能用這種不確定的承諾束縛你。但現在叔叔已經完全康復了，能夠像以前一樣正常工作。多虧了你，我們才能守住塔列蘭咖啡店。」

「我覺得這並不是我的功勞……」

「但你可是為了幫助塔列蘭重新振作，甚至不惜轉職過來的人。所以我無論如何都說不出要你現在離職這種話。當我在煩惱該怎麼辦時，正好得知了你和舞香小姐一起去吃飯的事。我——光是這樣一件小事，就讓我痛苦不已——」

下一秒，我簡直不敢相信自己的眼睛。

一滴淚水沿著美星小姐的臉頰滑落。

「這是我第二次體會到失去你的恐懼。」

第一次是在我們相識那年的聖誕節。

距離那時已過了將近三年，她又再次嘗到恐懼的滋味——但是在她主動提出分手時，卻沒有感受到這種恐懼。

「道理我都懂。畢竟是我說要分手的。不管你和誰去吃飯，之後發生什麼事，我都沒有資格責備你。可是我還是忍不住嫉妒了。對舞香小姐。」

啊，這裡也出現了嗎？這種名為嫉妒的麻煩情感。

我很後悔接受了舞香的邀約。當時我想說反正只是一起吃飯而已，我本來就沒有做錯什麼，所以輕率地答應了。我完全沒想到美星小姐會因此這麼受傷。

「到目前為止，我一直在努力說服自己當初做了正確的選擇。我告訴自己，雖然喜歡你，但還是選擇分手，是因為我只能這麼做。我想我大概是傲慢地認為，只要能繼續和身為員工的你往來，你就不會離開，所以覺得問題並不大。結果到頭來，不管怎麼做，我始終都是個自私的人，只會依賴你的溫柔。多虧你說出昨晚發生的那件事，我才第一次反省了自己的愚蠢。於是我下定決心要讓你離開塔列蘭，並和你復合……但我不確定你是否還和我擁有相同的想法，所以當我發現你寫的那塊繪馬時，真的是打從心底鬆了一口氣……」

她努力維持至今的平靜態度，在此時終於瓦解了。

她的淚水有如潰堤般不停地奪眶而出。

「對不起……我果然還是喜歡你。對我而言，你必須要是我的男友才行。真的很對不起……」

「夠了，別再說了，美星。」

我輕輕把她擁入懷中。

「我也曾經嫉妒過身為咖啡師的妳。我或許也曾在不知不覺中讓妳感到痛苦。害妳做出這麼難受的決定，真的很抱歉。」

「不……這都是我的錯。」

「我們重新開始吧。我會辭掉塔列蘭的工作。因為我到現在也還是非常喜歡妳。」

「嗚哇……太好了，真是太好了……」

她在我的懷裡嚎啕大哭起來，我也忍不住跟著流下眼淚。

當我們正沉浸在兩人世界中時，旁邊突然有人大叫了一聲。

「——結果我根本只是個陪襯的丑角嘛！」

石井滿臉通紅，氣得跺腳離開了。在他剛才跪著的地方，留下了一朵被折彎的玫瑰。

這時我才注意到，除了石井外，旁邊還聚集了一群圍觀的人。我們頓時臉紅到和石井差不多，急忙放開彼此，整理被壓皺的衣服。

「那我們把剩下的收拾工作也做完吧，美星小姐。」

「不，你已經不是塔列蘭的員工了，請你先回去吧，青山先生。」

「我知道了。那我先走了。」

「好的，辛苦你了。」

我匆匆忙忙地想快點離開。當我正要邁步往北走時，有人從右邊叫住了我。

「今晚要不要再喝一杯啊？開玩笑的啦！」

舌瀨舞香雙手交叉枕在腦後，噘著嘴說道。

我停下腳步對她說：

「妳全都聽到了吧？畢竟你們的攤位就在隔壁。」

「嗯，算是吧！」

「雖然發生了很多事，但最後多虧了妳，我才能和美星小姐復合。真的很感謝妳。」

「我倒是覺得有點可惜呢！不過，這也是沒辦法的事嘛。」

「說得真好聽，妳那時明明只是喝醉了，根本不是認真的。」

結果她「哼哼」地笑了一下。

「那就讓我來告訴你一件好事吧。」

她朝我湊了過來，在我耳邊悄聲說道：

「我啊，其實酒量超好的唷。就算喝一整晚都不會醉。」

——抱歉，我好像有點喝醉了。我酒量其實不太好。

所以她的那句話是謊言，在那之前說的都是真心話——？

我用力搖搖頭，想把這個念頭甩出腦海。我已經有美星小姐了，不可能被其他人誘惑而動心。好吧，如果問我是不是真的完全沒有，那我會說大概就像最近很熱門的PM2.5一樣……

「之後有機會再見吧。畢竟我們都是曾在第一屆京都咖啡祭並肩奮鬥過的戰友。」

我一這麼說，舞香就用雙手擺出狐狸的手勢，在嘴邊做出開合的動作。雖然我看不太懂，但這似乎是她自創的道別方式。

走出岡崎公園後，眼前就是平安神宮的應天門。我像是被吸引過去似地站到門前，直視著深處的大極殿。

我回想起自己寫在繪馬上的願望。

願一切都能恢復原樣

我的願望並沒有完全實現，不過我和美星小姐還是成功復合了。這是我最大的願望，所以我衷心地感謝平安神宮的神明。

沒想到我參拜前在手水舍好好洗手這件事，最後竟然對找出犯人有很大的幫助。我心想，神明願意眷顧我的原因，說不定反而就在這些小事上。我不是要談論什麼靈性方面的話題，只是覺得或許正是那些不輕忽小事、重視每個日常動作的心態，在最後發揮了作用，才讓願望得以實現——當然了，這種話我是不可能對星後望說的。

不管多麼用力許願，無法實現的願望總是數之不盡。

有時也會因嫉妒這種醜陋的情感，而親手毀掉一切。即便當事人毫無過錯，神明也不一定就會聆聽願望。

我能明白那種願望無法實現，想要詛咒一切的心情。原本只如污漬般微小的情感，可能也會因此肥大膨脹，變得漆黑無比。

即便如此，我們也只能昂首繼續走下去。因為這個世界永遠都是這麼不公平又不講理。

畢竟人類就是一種即使明白這項道理，仍會忍不住許願的生物。

我一邊想著在京都這片土地引發的悲劇，一邊朝著大極殿的方向行禮膜拜。

結緣之神啊，真的很感謝祢願意聆聽我的願望。

這一次我一定會和她好好走下去的。

如果像這次的美星小姐一樣善加利用的話，嫉妒或許也能成為實現願望的動力。為了繼續與這醜陋的情感和平共處，我也只能這樣想了吧。

我轉身離開平安神宮，心裡暗自想著：等繪馬上的願望全都實現之後，我一定要再來參拜道謝才行。

——以結論來說，我整整等了一年，那個時機才到來。

在這段期間，我和美星小姐一直交往得很順利，但她也不時提到，等一切穩定下來，身心都能夠放鬆後，想要再次雇用我擔任咖啡店的店員。我雖然覺得只要她沒有意見，想怎麼安排都可以，但對於尋找臨時性質的新工作又提不起勁，所以便仰賴森場和冴子他們的好意，在其他店家人手不足的日子去支援，勉強維持生計。

就這樣到了隔年十月某個晴朗的週六。

美星小姐對著久違地穿上深藍色圍裙的我說道：

「青山先生，歡迎回來。」

「我回來了。店長、老闆，從今天起又要請你們多多指教了。」

我鞠躬示意後，耳邊響起了兩人的掌聲。我就這樣順利地重新成為塔列蘭的店員了。

我並沒有忘記工作的內容。我一邊適時遵照美星小姐的指示，一邊煮熱水、洗餐具、磨咖啡豆，偶爾也要視情況濾沖咖啡。

當第一天工作的緊張感漸漸消散時，一對看起來像男女情侶的客人來到店裡，在餐桌席前坐下。女方對男方說道：

「既然你說現在還是沒辦法結婚，那可以告訴我理由嗎？」

男方答道：

「其實我懷疑自己可能正在被以前的女友跟蹤。」

雖然偷聽並不是什麼好習慣，但不小心聽到了也不能怎麼樣。對方話中令人不安的詞彙讓我悄悄看向身旁，發現美星小姐似乎也難掩好奇，已經喀啦喀啦地磨起咖啡豆了。

美星小姐的精采推理秀，今天也即將開演。

引用文獻

《ALL ABOUT COFFEE：咖啡文化集大成》（暫譯）

William H. Ukers著ＵＣＣ上島咖啡監修翻譯（TBS Britannica）一九九五年

為了回饋群眾募資的贊助者，本書主要人物的姓名採用了贊助者所提供的名字。

日本暢銷小說 110

咖啡館推理事件簿8
——實現願望的瑪奇朵

作者｜岡崎琢磨
譯者｜林玟伶
封面設計｜莊謹銘
主編｜徐凡
責任編輯｜吳貞儀

國際版權｜吳玲緯　楊靜
行銷｜闕志勳　吳宇軒　余一霞
業務｜李再星　李振東　陳美燕
總編輯｜巫維珍
編輯總監｜劉麗真
事業群總經理｜謝至平
發行人｜何飛鵬
出版｜麥田出版
115台北市南港區昆陽街16號4樓
電話：(02)2500-0888
傳真：(02)2500-1951
發行｜英屬蓋曼群島商家庭傳媒股份有限公司
城邦分公司
地址：115台北市南港區昆陽街16號8樓
網址：www.cite.com.tw
客服專線：(02)2500-7718｜2500-7719
24小時傳真專線：(02)2500-1990｜2500-1991
服務時間：週一至週五 09:30-12:00｜13:30-17:00
劃撥帳號：19863813　戶名：書虫股份有限公司
讀者服務信箱：service@readingclub.com.tw
香港發行所｜城邦（香港）出版集團有限公司
地址：香港九龍土瓜灣土瓜灣道86號
順聯工業大廈6樓A室
電話：+852-2508-6231
傳真：+852-2578-9337
馬新發行所｜城邦（馬新）出版集團
【Cite (M) Sdn. Bhd.】
地址：41, Jalan Radin Anum, Bandar Baru Seri Petaling, 57000 Kuala Lumpur, Malaysia.
電話：+603-9056-3833
傳真：+603-9057-6622
讀者服務信箱：services@cite.my

印刷｜中原造像股份有限公司
初版一刷｜2025年01月
定價｜350元

國家圖書館出版品預行編目（CIP）資料

咖啡館推理事件簿8：實現願望的瑪奇朵／岡崎琢磨著；林玟伶譯. -- 初版. -- 臺北市：麥田出版：英屬蓋曼群島商家庭傳媒股份有限公司城邦分公司發行, 2025.01
面；　公分. --（日本暢銷小說；110）
譯自：珈琲店タレーランの事件簿 8 願いを叶えるマキアート
ISBN 978-626-310-783-0（平裝）
EISBN 978-626-310-782-3（EPUB）

861.57　　113015900

城邦讀書花園
www.cite.com.tw

ISBN 978-626-310-783-0
Printed in Taiwan.